für meine Eltern

SATIRICAL PLANET

FREUNDE DER PROGRESSIVEN
UNVERNUNFT

Jürg Ritzmann

Halbwahrheiten ganz neu erfunden

Humor und Satire aus dem «Nebelspalter»

Bibliografische Information der Deutschen Nationalbibliothek: Die Deutsche Nationalbibliothek verzeichnet diese Publikation in der Deutschen Nationalbibliografie; detaillierte bibliografische Daten sind im Internet über http://dnb.dnb.de abrufbar.

Verlag: BoD · Books on Demand GmbH, In de Tarpen 42, 22848 Norderstedt

Druck: Libri Plureos GmbH, Friedensallee 273, 22763 Hamburg

ISBN: 978-3-7693-0871-6

Inhaltsverzeichnis am Schluss des Buches

(vollkommen überbewertet)

Wau, wau

Wenn Sie einem Hund begegnen und zu sich selbst sagen: «oh, oh, nein», dann haben Sie schon verloren. Hunde merken das. Entgegen vieler Vermutungen denken Hunde nämlich auch. – In diesem Fall «Wade oder Unterarm?» Hunde begreifen das. Sie riechen den Angstschweiss und nehmen Rückschluss darauf, was der Postbote in den letzten drei Monaten gegessen hat (das hat Auswirkungen auf die Konsistenz des Muskelfleisches). Bitte fragen Sie nicht, warum man das so genau weiss. Sonst muss ich lügen.

Werden Hunde straffällig – also, im weitesten Sinne, Sie verstehen – dann ordnet der Richter – der zum Leidwesen des Tiers nahezu immer ein Mensch ist – einen sogenannten Wesenstest an. Ein Experte, vermutlich ein Tierpsychologe, führt sodann mit dem Hund ein Gespräch unter vier Augen. In den allermeisten Fällen sagt dieser sodann «wuff, wuff» und der Mann mit der Hornbrille guckt gescheit und notiert in seinen roten Notizblock «Wesen: Hund».

Schlimmstenfalls kommen die Experten zum Schluss, dass das Tier eingeschläfert werden muss (zum Beispiel, wenn der Wesenstest ergibt, dass es sich um einen weissen Hai handelt). Im Grunde ist es ja unfair, denn der Vierbeiner kann ja nichts dafür. Eigentlich müsste ja jemand anderer büssen, nämlich die Eltern des Hundes. Die Welt ist halt ungerecht. Nur in den seltensten Fällen gewinnt der Hund in den Gesprächen die Oberhand und der Tierpsychologe wird eingeschläfert.

Optimal ist natürlich, wenn es gar nicht erst soweit kommt, dass Rex zubeisst. In kritischen Situationen sollte man auf De-Eskalation setzen und gezielte Dialektik anwenden. Im Dialog allerdings sollte unbedingt bei der Wahrheit geblieben werden, denn – wie Eingangs geschrieben – Hunde merken alles, Wesenstest hin oder her.

2019

Der ~~Schrei~~ Pfiff

Ein Freund von mir hat eine Trillerpfeife auf dem Bürotisch liegen, bei sich zu Hause. Kriegt er einen Anruf eines Call Centers, so pustet er eine Ladung Pfiff in den Hörer und legt danach auf. Natürlich ist das unhöflich, denn Auflegen ohne mindestens dreimal «Auf Wiederhören, tschühüüüs, tscha-tschau» zu sagen ziemt sich nicht, hierzulande. Und es ist obendrauf strafbar. Wir können nicht einfach jemanden anpfeifen, der uns nervt, und dieser Jemand kriegt unter Umständen für den Rest seines Lebens Ohrensausen (ich glaube, das heisst Tetanus oder so). Also, bitte nicht nachmachen.

Ganz abgesehen vom Gesetzesbruch: Ergeben derlei Aktionen Sinn? Angenommen, jedes Meinungsforschungs-Institut, jedes Telefonverkaufs-Unternehmen würde ein solches Ereignis dem Internationalen Telefon-Meinungserfragungs-und-Verkaufs-Verband melden (ITMuVV) und die Nummer meines Bekannten würde sodann von einem emsigen Datenvernichtungs-Experten aus allen Karteien gelöscht, global, für immer und ewig, dann hätte der Pfiff zumindest einen Effekt, aus Sicht des Belästigten.

Doch, ehrlich gesagt, diesen Verband gibt es meines Wissens nicht, leider, und so dringt der grelle Laut nicht nur zu Hammer, Amboss und Steigbügel des armen Call Center Mitarbeitenden, nein, im Grunde verhallt der Pfiff im unendlichen Nirwana des Meinungsumfrage-Universums. Ein schwarzes Loch. Interessant wäre sicherlich die Frage, was ein Anrufer in die Datenbank einträgt beim betreffenden potentiellen Kunden – oder Meinungsgebers, meinetwegen – nachdem ihm ins Ohr gepfiffen worden ist. Vielleicht «weiss nicht». Oder «will keine unabhängige Versicherungsberatung, die so unab-hängig wohl nicht sein kann. Aber will pfeifen.» Was weiss ich, irgendwas in der Art.

Darüber könnten diplomierte Telefonieexperten wohl bis tief in die Nacht philosophieren. Eine gangbare Lösung könnte sein ... – oh, ich muss Schluss machen, sorry, Telefon klingelt.

2024

Migros Manöver

Planen hilft. Legen Sie frühzeitig die Route fest, die Sie im Supermarkt absolvieren möchten: Zuerst beim Gemüse vorbei – der Braten will ja gefüllt werden – dann ein Stopp beim Kühlregal mit dem Koriander, eine abrupte Linkskurve zum Champagner und … – jetzt parkieren diese Einzeller ihren Einkaufswagen wieder direkt da, wo alle anderen durchmüssen, meine Fresse! Einfach unfassbar. Da lege ich jetzt ein paar Dosen Erbsen in den fremden Wagen, als Anspielung aufs Erbsenhirn. Strafe muss sein.

Smalltalk in der Warteschlange vor der Fleischtheke? – Der Typ hat sie wohl nicht alle, ich bin doch nicht zum Spass hier. Lächelt noch so debil, Frechheit.

Vor dem Weinregal stehen wieder diese Spacken, minutenlang am gleichen Ort, und glotzen die Etiketten an. Der Tropfen wird nicht besser, Mann, kaufen oder sein lassen, aber nicht Wurzeln schlagen hier, verdammt.

Uff, endlich an der Kasse angelangt, Zeit, um sich langsam auf das Fest zu freuen, auf das feine Essen. Bin an der Reihe. Scheisse, Zitronen vergessen. – Ach ja: Frohe Festtage! Sie mir auch.

Ja, ich weiss, die Migros verkauft keinen Alkohol. Der Titel dieses Textes reimt sich einfach gut, «Coop Combat» oder etwa «Aldi Apokalypse» würde nicht halb so gut klingen.

2023

Über Journalisten und Yakin

Wenn der Yakin, also der Murat, wie wir ihn liebevoll nennen, als wäre er der nette Nachbar von nebenan, also wenn der so grinst, leicht, auf den Stockzähnen, im Interview, dann denkt sich der Journalist, der soeben eine elementar wichtige Frage gestellt hat, zum Beispiel «warum hat ihr Team nicht höher als 6 zu 0 gewonnen» oder vielleicht «wären vier Sturmspitzen nicht klüger gewesen», dann denkt sich ebendieser Fragesteller unter Umständen, dass er gerade veräppelt wird, ein bisschen. Und die Zuschauerinnen und Zuschauer zu Hause vor den Bildschirmen gleich obendrauf. Nicht für voll genommen.

Fussball ist eine ernste Sache, gnadenlos, gerade wenn es um die Schweizer Nationalelf geht. Da bleibt kaum Raum für Spass. Der eine oder andere Fan mag nun eine Lanze brechen für Nationaltrainer Yakin, mag nun sagen «na ja, manche Reporter, die stellen auch saudumme Fragen», und sie mögen sogar recht haben, denn es gibt – ganz entgegen der gemeinen Lüge, die man uns in der Schule ständig erzählt hat, es gebe keine dummen Fragen, sondern nur dumme Antworten – tatsächlich Fragen, die einem Coach das Gesicht einschlafen lassen könnten, doch: Auch die seriöse Beantwortung solcher Fragen gehört wohl zum Job eines Nationaltrainers, insbesondere zu jenem einer Schweizer Nationalmannschaft.

Sehen sich Sportjournalisten allerdings bei derart universellen Dingen wie der Europameisterschaft mit oben beschriebenem Lächeln konfrontiert, dann werden sie leicht rot im Gesicht, bei manchen steigt aus den Ohren ein kleines bisschen Rauch auf und aus den Augen zischen Blitze. Der interessierte Sportfreund weiss schlagartig: Die nächste Frage wird ketzerisch, wird die Napalmbombe aller Fragen, eine regelrechte Trainer-Vernichtungsfrage, die nur schwarz versengte Rasenflächen hinter sich duldet.

Und so kommt es, dass Yakin, also der Murat, auf hirnrissige Fragen jeweils wohlwollend den zum Scheitern verurteilte Versuch unternimmt, gezwungenermassen sozusagen, eine halbwegs vernünftige Antwort zu geben, dem Journalisten, also uns Fans, im übertragenen Sinne. Dem Frieden zuliebe. Aber eben, lieber Murat, bitte schön nicht mit einem Lächeln im Gesicht, verdammt nochmal. Wir gucken uns das ja nicht zum Spass an. – Ach ja, bevor es vergessen geht: Hopp Schwiiz!

2024

Top of top

Im Endeffekt ist es eine Frage der Kapazität, was Ihnen jeder BWL-Student im ersten Semester mit Nebenfach Tourismus bestätigen wird: Extrem beliebte Sehenswürdigkeiten sind eine logistische Herausforderung, wer «Top of Europe» – das ist Marketing-Geschwurbel für «Jungfraujoch» – besuchen möchte, kann dies mit hochmodernen Verkehrsmitteln tun, die massenweise Touristen in null Komma nix rauf und runter bringen. Rucki zucki. Gemäss meinen persönlichen Kapazitäts-Berechnungen könnte theoretisch innert 14 Tagen die gesamte Weltbevölkerung aufs Jungfraujoch (und wieder herunter, natürlich, sonst würde es eventuell etwas eng im Bergrestaurant). Excel lügt nie. Die Branche jodelt vor Glück.

Wobei, da müssen wir ehrlich sein, das Jungfraujoch tatsächlich ein kontinentales Highlight darstellt, das wird ja hoffentlich niemand bestreiten. Jeder Asiate, jeder Amerikaner, der die Tour «Prag-Wien-Paris-Venedig-Mailand-Luzern-Jungfraujoch-Bern-Bümpliz-in-5-Tagen» gebucht hat, wird dies zweifelsohne bestätigen. Ganz oben auf dem Gipfel kann der zahlungsfreudige Geldbeutel dann auch Schokolade kaufen und teure Uhren (falls ich persönlich einmal eine teure Uhr anschaffen könnte, dann würde ich das mit Sicherheit auf 3'454 Metern über Meer tun). Und man kann – das ist wunderschön – über den Gletscher spazieren, was die wenigsten tun, weil in dreiviertel Stunden der Flieger ab Zürich startet, zur nächsten Destination.

Leserinnen und Lesern, die seit Jahrzehnten in der Schweiz leben und bereits auf den Machu Picchu, zur Chinesischen Mauer, zu den Pyramiden von Gizeh, zum Grand Canyon und eigentlich überallhin gereist sind, jedoch noch niemals «Top of Europe» besucht haben, sei empfohlen: Tun Sie das. – Genau, fahren Sie auf diesen Berg, es lohnt sich. Das Gute ist so nah. Im Grunde ist es auch ein patriotischer Akt, ein bisschen. – Und ja, wenn Sie dann oben sind, kaufen Sie eine Uhr.

2024

Nord und Süd

Wenn wir die Landkarte umdrehen, gedanklich, dann liegt der grosse Kanton plötzlich im Süden. Man muss sich das einmal vorstellen: Nord- und Ostsee wären präferierte Zielorte für Badeferien, unsereins würde nicht nach Lecce sondern nach Lübeck zum Strand fahren und ässe Bockwurst mit Kraut anstelle von Pizza mit Sardellen. So wäre das. Der arschkalte Ostwind – der ja dann im Grunde der Westwind wäre, oder dann halt nicht, ist ja irgendwie auch egal – würde uns in Locarno um die Ohren pfeifen, und im August würde jeder Flensburger im Pullover regelrecht verdampfen, vor lauter Hitze. Mode im Umschwung.

Ja, wenn man die Karten neu mischt, im übertragenen Sinne, dann steht die Welt Kopf. Deutschland wäre einfach unser grosser Bruder im Süden, und auf Sizilien bestände Kettenpflicht für Autos, im Krater des Ätna könnten Kinder Schlittschuhlaufen. Man gewöhnt sich an alles. Das Ganze braucht schon eine grosse Portion Abstraktionsvermögen, zugegeben. Doch wenn man sich darauf einlässt, auf dieses Gedankenexperiment, dann wären die Deutschen auf einmal nicht mehr so kalt, wie es die Klischees gerne hätten, die Leute würden vor südländischer Lebenslust sprudeln, tanzen bis tief in die Nacht, so wie wir Schweizer es bereits heute nicht tun. Na ja, vielleicht ist es gut so, wie es ist, in der Realität. Muss jetzt eh weiter, Geographiekurs, auf Wiederlesen.

2024

Das Spiel des Jahres

Und er hob ein rohes Stück Fleisch in die Höhe. Zwischen Daumen und Zeigefinger gepresst hing das vor ausgehauchtem Leben strotzende, blutende und nach Frische duftende Muskelstück herab und liess einen Tropfen Saft hinab, der knapp neben den Sportschuhen des Trainers auf den Garderobenboden knallte. Platsch! Es war still geworden unter den vermeintlich starken Mannen. Alle sassen sie verdutzt und von der packenden Rede ihres Chefs imponiert auf den Bänken. Und zwischen den Holzplanken und den nackten Oberschenkeln bildete sich ein feiner Schweissfilm. Die Angst war verflogen, denn ihr Trainer hatte sie regelrecht heiss gemacht auf das Spiel des Jahres, das alles Entscheidende. Alle Welt – so kam es ihnen vor – schaute in dieser Stunde auf dieses eine Sportereignis. Jetzt waren sie bereit, getrimmt, auf Kampf eingeschärft bis zum Schluss.

Kurz vor dem Verlassen der Kabine sollte noch jeder ein Stück aus dem blutigen Fleisch beissen. Einerseits soll rohes Fleisch angeblich aggressiv machen. Anderseits hatte das Prozedere ein Hauch von Theatralik, von Ritual, welches die Mannschaft zusammenschweissen sollte. Gemeinsam mit der wohl besten Motivationsrede des Trainers betraten die Spieler erhobenen Hauptes den Rasen. Selbst Innenverteidiger Strobel, der sonst eher der skeptische, vorsichtige Typ war, strotzte vor Selbstvertrauen. Und auch die Frau des Vereinspräsidenten, die unter den Zuschauern weilte, flüsterte dem Vertreter des Hauptsponsoren zu, dass dieses Team vor Kraft und Siegeswille nur so strotze.

Das Spiel ging mit 3 zu 1 verloren.

2003

Bares ist Wahres

Es gibt Gäste, die bezahlen im Restaurant mit Karte und geben das Trinkgeld in bar. Sie möchten verhindern, dass der Buchhalter, der konzentriert guckend mit einer randlosen Brille und einem Bleistift hinter dem Ohr in seinem Kämmerchen sitzt, den Mehrbetrag einfach auf das Konto mit den übrigen Einnahmen bucht. Ob das tatsächlich so wäre, entzieht sich unseren Kenntnissen, – ja, es ist geradezu eine Unterstellung. Frechheit. Viele Kellner geben Trinkgeld für Essen aus. Wir leben in einer komplizierten Welt. Seit jüngster Zeit sitzen übrigens auch Gästinnen in Restaurants. Der Duden will es so.

Ich kenne Menschen, die bezahlen ausschliesslich mit Bargeld. Weil sie nur Bargeld haben. Damit verhindern sie, dass eines Tages – die Frage ist wohlgemerkt nicht, *ob* dieser Tag einmal kommt, sondern, *wann* dieser Tag kommt – also eines Tages Vater Staat auf unsere Konten zugreifen wird, auf unser Buchgeld, zu Unrecht, in schlechten Zeiten, um Haubitzen zu kaufen oder vielleicht Robotersoldaten. Oder Vanille-Eiskrem, was weiss ich. In einem solchen Fall wären diese Menschen dank ihrer enormen Weitsicht die einzigen, die verschont würden, weltweit. Sie hätten ihr Erspartes noch, in bar. Es ist clever.

Manche Restaurants und Bars ermöglichen ihren Kunden das durchaus erstrebenswerte Erlebnis, während der Bezahlung mit Karte auf diesem Display da, auf diesem Gerätchen, aktiv anzugeben, wieviel Trinkgeld sie geben möchten: 10 Prozent? 15 Prozent? – Schwierig, schwierig, insbesondere nach zwei Gläsern Rotwein. Es grenzt an Nötigung. Irgendwo lässt sich – zum guten Glück – draufklicken, wenn man kein Trinkgeld geben möchte (was dann ja etwas peinlich ist, weil einem der oder die Angestellte ja oftmals dabei zuguckt, mit Argusaugen). Klar, ewige Schlaumeier klicken natürlich auf «Kein Trinkgeld» und schieben dann einen Barbetrag über die Theke. Sie wissen schon, wegen des Buchhalters. Dieser Schuft, dieser elende.

2024

Tarzan ruft Jane

Kaum erwärmen die ersten Sonnenstrahlen das Asphalt, schlägt seine Stunde: Vornehmlich in Vierergruppen auftauchend, in seinem natürlichen Habitat, und in – meist schwarzen – Cabriolets einer dieser deutschen Nobelmarken kurvend, ist er selbst für Laien unschwer erkennbar. Neue, dunkle Sonnenbrillen an alten Kopfformen, begleitet von Musik, die jegliche verbale Kommunikation verunmöglicht. – Zwischen den Passagieren und selbst in einem beachtlichen Umkreis auf der Strasse. Was für den Neandertaler das Trommeln auf dem Brustkorb war, ist für den wahren Mann von heute der Bass aus den Boxen. – und der Tritt aufs Gaspedal, natürlich, brumm, brumm. Gas für Spass. Bei besonders guten Modellen lässt sich auf Knopfdruck die Auspuff-Klappe öffnen. Man muss sich das einmal vorstellen: Im Dschungel ist sofort zu hören, wo der Silberrücken seinen Brunftschrei ausstösst. Jane muss Tarzan bemerken können. Das ist Evolution. Aufmerksamkeit.

Die Wagen sind tiefer gelegt und pickelhart gefedert. So werden die Insassen auch anständig durchgeschüttelt, wenn der Pilot über eine Briefmarke steuert. Und der Frontspoiler wird weggerissen, wenn die Marke abgestempelt ist. Bei jeder Erschütterung, und sei sie noch so klein, segnen ein paar Hirnzellen das Zeitliche, übrigens. Man kriegt Lust auf einen Milchshake.

Nun, einem Freund der Realsatire drängt sich die Frage auf, natürlich, wo wir ein paar Exemplare des gemeinen Frühlingsclowns (lat. Corydon cons) in freier Wildbahn begutachten können. Im Gegensatz zu den vermeintlich schützenswerten Spezies, die von Aussterben bedroht sind, – etwa Pottwale, Steinadler und Breitmaulnashörner, vermehren sich Frühlingsclowns proportional zur Vergabe von Leasingverträgen. Setzen Sie sich an einem sonnigen Samstagnachmittag in ein gut besuchtes Strassencafé Ihrer Lieblingsstadt. Eine Anzahl von Autos kurvt mehr als nur einmal am Lokal vorbei, nein: Immer und immer wieder kreisen die Einzeller um den Häuserblock. Komik ist eine Kunst, auch unfreiwillige. Eine Hirnzelle weniger und sie würden um die Lampe kreisen.

Frühlingsclowns sind die wahren Könige, der Zeitgeist will es so. Sehen und gesehen werden, hören und gehört werden, Könige der Stadt – zumindest so lange, bis der Tank leer ist. Um zum Schluss zu kommen: Heissen wir den Frühling willkommen, Manage frei, geniessen wir den Zirkus. Brumm, brumm.

2003

Auf und Davos

Vergessen Sie alles, was Sie bis anhin über Hockeyspieler gelesen haben. Vor allem das Gerücht, sie seien nicht die hellsten Kerzen auf der Torte, denn: Selbst Akademiker bekunden grosse Mühe, angeblich, den Spielmodus des *Spengler Cups* vollständig zu verstehen, auf Anhieb. Der Spengler Cup ist ein renommiertes Eishockey-Turnier in Davos, Schweiz. Folgend ein verzweifelter Versuch von jemandem, der den Modus mit Sicherheit nicht begriffen hat.

Es nehmen sechs Mannschaften teil, die in zwei Gruppen à drei Teams aufgeteilt werden, welche jeweils je einmal gegeneinander antreten, oder anrutschen meinetwegen (ha ha – Running Gag der Zamboni-Fahrer). Das bisherige war irgendwie schlüssig. Jetzt die Kür: Die beiden Erstplatzierten der zwei Gruppen nehmen am Halbfinal teil. Gut. Fehlen noch zwei Halbfinalisten. Eiswägelchen heissen übrigens nicht Eiswägelchen, offiziell, sondern Eisbearbeitungsmaschinen. Manche sagen auch Eismaschine, Eishobel oder Zamboni.

Zurück zum Modus: Also brechen tatsächlich jeweils die beiden zweit- und Drittplatzierten der Gruppe gegeneinander übers Kreuz. Oder spielen, meinetwegen. Übers Kreuz heisst, dass der Dritte der Gruppe 1 gegen den Zweiten der Gruppe 2 spielt und umgekehrt. Das hat nichts zu tun mit Versuchsgruppen, liebe Intellos mit Forschungshintergrund, und wer jetzt nach dem Viertplatzierten fragt, muss nachsitzen. In einem Kerker, bei Eis und Brot.

Mathematiker unter uns werden einwenden, dass ja theoretisch ein Team in der Gruppenphase beide Spiele verlieren kann, danach beim Stechen um den Halbfinal gewinnen und auch den Final noch gewinnen kann. Also mit zwei Siegen zum Pokal. Genauso ist es. Man sollte diesen Modus an der Fussball-WM anwenden, der Schweizer Nati zu liebe. Ist irgendwie sozialverträglicher als dieses gemeine, vorzeitige Ausscheiden, oder?

«Zamboni», der oben erwähnte Begriff, ist übrigens der Name eine grossen Firma, die Eisbearbeitungsmaschinen produziert, also eine Marke, die es aufgrund ihrer Berühmtheit zum sogenannten *Gattungsnamen* geschafft hat, so ähnlich wie «Kleenex» oder «Tempo» (oder «Chicle» im Spanischen, meinetwegen, um hier ein bisschen Klugscheisserei einzubauen).

Um zum Schluss zu kommen: Nun sind wir so etwas von bereit für den Spengler Cup, sozusagen für die Champions League in Sachen Spielmodus. Bitte sehr. Das nächste Mal kombinieren wir die Gesellschafsspiele Monopoly, Domino und Eile mit Weile. Auf Wiedersehen.

Sonderausgabe des «Nebelspalter» für den
Spengler Cup 2011
(wer weiss, ob der Modus auch heute noch so unlogisch ist)

2011

Mein Freund, der ~~Menschenfresser~~ Steuerbeamte

Im Keller der Beliebtheitsskala, sogar hinter dem Kleintiermetzger und der Mitarbeiterin Kommissariat Ruhender Verkehr (KRV) fungiert er: Der Steuerbeamte. Völlig zu Recht, sagt eine Mehrheit der Bevölkerung, denn bezahlen mag niemand. – Völlig zu Unrecht, erwidert eine kleine Minderheit, wobei böse Zungen behaupten, diese bestehe ausschliesslich aus Steuerbeamten. Höchste Zeit also, mit Klischees aufzuräumen. Mitarbeiterinnen KRV hiessen früher Politessen. Es war eine schwierige Zeit.

Beinahe wären wir abgeschweift. Allem voran müssen sich Steuerbeamte ein immenses Wissen aneignen, um diese Tätigkeit überhaupt ausüben zu können. Ein Lehrgang zum eidg. dipl. Experten zum Beispiel ist anspruchsvoll, wenn auch nicht unbedingt das optimale Gesprächsthema, um als Mann in einer Bar eine adrette Frau kennenzulernen (versuchen Sie's lieber mit «Hallo, ich heisse Olaf und habe die Pest»).

Man lernt alles über Steuern, Abgaben und Gebühren, und dass diese drei Dinge etwas vollkommen Unterschiedliches sind. Natürlich ist der Effekt beim Blick ins Portemonnaie derselbe, das Subjekt lässt sich halt einfacher abzocken, wenn man es verwirrt. Fast vergessen hätten wir die populären Lenkungsabgaben, mit denen Vater Staat versucht, das Individuum mit einer verstärkten Freiwilligkeit zu einem bestimmten Verhalten zu bewegen. Die CO_2-Abgabe ist ein bekanntes Beispiel, und das Prinzip klappt bestens: Nur reiche Menschen heizen mit Öl. Zuletzt ein Wort zur Verrechnungssteuer, die – der Begriff lässt es erahnen – mit Rechnen im Zusammenhang steht und damit als einzige Steuer nicht der absoluten Willkür des Staates unterliegt.

Sie sehen: Steuerbeamte werden total unterschätzt. Sie brauchen sich also nicht abzuwenden, liebe Damen, wenn Sie in einer Bar von … – na ja, es sei denn, der Kavalier habe sich bei seinen Chancen total verrechnet, Steuer hin oder her.

2024

Wie weiter?

Die Projektleitung des Schicksals hat Krenz und Bucher beauftragt, die wichtigsten Geschehnisse des dritten Jahrtausends zu planen. Wie bereits vor rund tausend Jahren gibt das Konzept Anlass zu regen Diskussionen

Krenz: Was? – Du hast doch nicht wieder vor, in einem Jahrhundert zwei Weltkriege durchzuführen?

Bucher: Warum nicht? Sag mir nur einen Grund, der dagegenspricht. Wir brauchen Dinge, die Menschen bewegen, Dinge, die den Bestand reduzieren.

Krenz: Das ist zu brutal. Ich stelle den Antrag auf Verschiebung ins 22. Jahrhundert. Ein Weltkrieg auf hundert Jahre ist genug. Und ich finde, wir sollten zuerst eine Lösung für die Übrigbleibsel von diesem Adolf da, diesem Hitler erörtern, bevor wir ein neues Massaker auf die Liste nehmen. Die Glatzköpfe waren nicht geplant und werden langsam peinlich; im Pausenraum tuscheln die Sekretärinnen schon, wir hätten versagt. Ein Schlammassel.

Bucher: Ach was! – Zuerst planst du die Erfindung der Atombombe, und jetzt willst du keinen dritten und vierten Weltkrieg ins Programm nehmen. Da soll noch einer schlau werden. Deine eigenen Ideen sind übrigens dünn gesät.

Krenz: Ich wünsche mir ein bisschen mehr Kreativität. Viermal Weltkrieg, das ist banal. Lassen wir doch einen Meteoriten auf die Erde knallen. Zieht immer. Was hältst du davon?

Bucher: Das hatten wir doch schon, als dem Chef die Dinosaurier nicht gefielen. Da finde ich die Idee schon besser, eine Pest auf die Erde zu schicken, die nur arrogante Menschen befällt.

Krenz: Gut, nehmen wir den Krieg. Pest hatten wir auch schon hundert Mal. Das mit der Pest für Arrogante gibt bloss Probleme bei der Durchsetzung, viele Graubereiche. Und geographisch gesehen wären die Opfer vermutlich etwas ungleich verteilt.

Bucher: Ach komm, lass uns dieses Traktandum vertagen. Gehen wir über zu «Gesellschaft und Medien». Das ist vielversprechender.

Krenz: Einverstanden. Du willst die Menschheit also ein Gerät erfinden lassen, das den Fernseher ablösen soll. Erzähle mir mehr davon.

Bucher: Ja, die Grundsteine wurden bereits im zweiten Jahrtausend gelegt. Die neuen Computer sollen vierdimensional funktionieren, sie werden an Realismus nicht zu überbieten sein.

Krenz: Erinnerst du dich, als wir den Fernseher entstehen liessen? Damals hat uns die Chefetage einen Verweis aufgebrummt, weil die Menschen nur noch vor der Glotze sassen und sich nicht mehr auf das wahre Leben konzentrierten. Wir haben richtig heftige Schimpfe kassiert.

Bucher: Ja, du hast Recht. Das Umfeld jedoch ändert sich: Laut Programm wird die Realität des dritten Jahrtausends nicht mehr lebenswert sein. Oder willst du das ganze Konzept umschreiben?

Krenz: Dazu bleibt uns keine Zeit, um halb sieben gibt's Nachtessen. Ich bin bloss skeptisch, so wie damals beim Fernseher.

Bucher: Warum kritisierst du alle meine Ideen? Ich finde den Vorschlag sehr gut. Jedenfalls besser als die Sache mit deinem ominösen Magazin, Wolkenteiler oder so, das deinetwillen schon über ein Jahrhundert lang erscheint, und wofür du einen Verlängerungsantrag um ein weiteres gestellt hast.

Krenz: *Nebelspalter*, Bucher, *Nebelspalter*.

2000

Verbeamt nochmal

«Verbeamtung» ist ein merkwürdiger Begriff. Wenn jemand an der Familienfeier sagt, beispielsweise, «unser Nachbar Hanspeter Hugentobler ist verbeamtet worden», dann klingt das erstens lustig, ein bisschen, weil das Wort selbst halt leicht drollig daherkommt, und zweitens schwingt eine leicht negative Konnotation mit: Hanspeter selbst war passiv, er ist von irgendwem, von irgendeiner Instanz zum Beamten gemacht worden, ohne die Initiative zu ergreifen.

Könnte man sich selbst verbeamten, um Sie, liebe Leserin, lieber Leser, auf ein kleines Gedankenexperiment einzuladen, dann gäbe es mit Sicherheit mehr Menschen mit diesem Status. Manch einer, dem es in der Privatwirtschaft etwas zu mühselig, zu unsicher geworden ist, würde sich überlegen, sich selbst zum Beamten zu küren: Arbeitnehmerfreundliche Präsenzzeiten, tendenziell überschaubarer Arbeitsdruck und gute Vorsorgeleistungen. – Voilà. Es gäbe halt immer weniger Steuerzahler aus der Privatwirtschaft, in der Konsequenz, die das Ganze finanzieren würden. Aber wer will schon kritisch sein.

Allerdings – und da mögen viele Klischees ins Wanken geraten – ist das Beamtentum ganz und gar kein Garant für ein lockeres Arbeitsleben, was ich hier gerne näher ausführen würde, mit grosser Freude, doch ich muss leider los: Muss noch aufs Amt, und das schliesst um vier Uhr. Hanspeter will schliesslich auch einmal Feierabend machen. Auf Wiederlesen.

2024

Früher

Das ist doch total sinnfrei, das mit dem Fitness- und Ernährungswahn, ehrlich. Reine Geldmacherei. Früher wurde auch gegessen, was auf den Tisch gekommen war, von Kutteln bis Schwarte, und man hat trotzdem gelebt bis man gestorben ist. – Und zwar eines natürlichen Todes. Zum Beispiel durch eine Splittergranate.
Damals haben uns die Ärzte auch nicht den ganzen Blödsinn von Bluthochdruck, Gefässkrankheiten und gesunder Ernährung weismachen wollen. Es wurde der Puls gefühlt, gemeinsam zwei, drei selbst gedrehte Zigaretten geraucht und nach einem gezielten Klaps auf den Hinterkopf war der Patient geheilt. Sicher. Die

heutige Spassgesellschaft ist doch vollkommen verweich-licht. Wird einer von einem Lastwagen angefahren, ruft man sofort die Ambulanz. Gefässkrankheiten – pha! Eine Bierflasche ist schliesslich auch ein Gefäss.

Früher gab es auch keine Hypochonder. Das ist nämlich die Pest unserer Zeit: Je mehr der Mensch über Krankheiten weiss, desto mehr Chancen hat er, sich welche einzubilden. Mit dem Internet hat sich dieses Übel zusätzlich verschlimmert, weil Halb- und Unwissen viel effizienter unter Halb- und Unwissenden ausgetauscht werden kann. Mein Nachbar ist ein vorzügliches Beispiel. Er behauptet steif und fest, im Netz einen Virus einge-fangen zu haben.

Sportlicher waren die Menschen auch, früher. Nur hiess es damals nicht Mountainbiking, Aerobic und Body Forming. Es hiess Kartoffeln-Auflesen auf dem pickelhar-ten Feld, barfuss und bei vierzig Grad im Schatten. Ohne Sonnencrème. Oder Heuwenden mit blossen Händen, denn Pollenallergien und dergleichen konnten sich die Leute nicht leisten. Man stelle sich eine achtzehnjährige, blonde Magd mit Heu-Allergie vor, das ginge ja gar nicht (warum liegt hier Stroh?). So war das. Und im Turnun-terricht trugen die Jugendlichen nicht dieses teure High-Tech-Zeugs, nur der Mode wegen. Man trug braune Hemden.

Die Sporternährung von Heute ist ebenfalls ein Witz: Der rumänische Fussballstar Gheorghe Hagi ass angeb-lich vor jedem Spiel einen Teller Pommes Frites und zeigte auf dem Feld eine hervorragende Leistung. Der hat den Ball einfach ins Tor geschossen, ohne die Tipps des Mannschaftskochs zu beachten. Ohne Pasta. Na ja, die

Kartoffel ist schliesslich ein Gemüse, oder? Und Ketchup ist aus Tomaten gemacht. Also, nichts mit Power-Müsli und Energy-Drinks. – Alles Weichbecher!

Und sollte jetzt der Eindruck entstanden sein, dass früher alles besser war, dann stimmt das natürlich nicht. Alles in allem haben wir es heute schon viel, viel besser. Man muss schon ehrlich sein. Wobei: Das ist doch total sinnfrei, das mit dem Fitness- und Ernährungswahn, oder? Früher, wissen Sie, früher ...

2013

Für uns

Was im Diskurs häufig vergessen geht: Die machen das alles für uns, die Beamtinnen und Beamte, alle diese Anstrengungen, der ganze Effort wird für uns geleistet. Nicht selten wird dieser Fakt auch von den Verwaltungsangestellten selbst vergessen, in der Hitze des Gefechts. Man kann nicht an alles denken.

Wenn der Bürger, die Bürgerin, bereits eine Weile in der Warteschlange vor dem Amt für Soundso gestanden hat, kurz auf seine Armbanduhr guckt und sich denkt «könnte das nicht schneller gehen?» und sodann aufblickt und seine Augen denjenigen Angestellten erspähen, der am Schalter steht, dann kann er sich in den meisten Fällen die Antwort selber geben: Nein, es kann nicht schneller gehen. Scharfsinn hilft.

Die Kunst ist vermutlich, als Verwaltungsangestellter dem Kunden – oh ja, im Endeffekt ist das Ding da, das vor dem Schalter steht ein Kunde! – das Gefühl zu vermitteln, zumindest, dass man ein bisschen motiviert ist, eine Dienstleistung zu erbringen, selbst wenn es bereits halb vier Uhr ist und am heutigen Tag keine Bäume ausgerissen werden können, die Welt nicht neu erfunden und das weite Verwaltungs-Universum nicht revolutioniert werden will. Ein Minimum halt.

Ein Lächeln hilft. Es kann demjenigen, dessen Füsse inzwischen in der Warteschlange mit dem Linoleumboden verschmolzen sind, das Gefühl vermitteln, dass ... – ach, was labere ich da, wir sind hier nicht im Streichelzoo, der Bürger ist schliesslich derjenige, der etwas will, also soll er gefälligst ... – und überhaupt, dieser Mann da, dieser John F. Kennedy hat es doch bereits vor Jahrzehnten auf den Punkt gebracht: «Fragt nicht, was euer Land für euch tun kann – fragt, was ihr für euer Land tun könnt». Damit ist eigentlich alles gesagt, und es hilft ungemein, sich dieses Zitat beim nächsten Mal in Erinnerung zu rufen, vor dem Schalter. Ich wünsche Ihnen einen schönen Herbst mit wenig Amtsbesuchen.

2024

«non olet»

So darf es nicht weitergehen, so nicht. Karl hat monetäre Dinge und die ewige Jagd danach endgültig satt. «Geld stinkt» verkündet der junge Mann und schreitet zur Tat. Das Ei des Kolumbus nennt sich Tauschhandel.

Ganz einfach: Karl arbeitet in einer Grossgärtnerei, warum das Salär nicht in Gemüse auszahlen lassen?

Ab sofort wird er Einkäufe – den empörten Blicken der Hausfrauen zum Trotz – mit Naturalien bezahlen. Nix mit Kohle, die Welt schreit nach alternativen Lösungen. Kompromisslos trägt der Pionier von nun an immer eine Leinentasche – Sie wissen schon, eine mit diesen aufgedruckten, schöngeistigen Nachhaltigkeits-Slogans – auf sich, um Karotten. Blumenkohl und etwas Sellerie für Spontankäufe stets zücken zu können. Eine Schachtel Zigaretten gegen zwei Bund Karotten, Waschmittel gegen Kohlrabi und für einen Kopfsalat gibt's Hundefutter im Angebot. Es ist alles so einfach, der Mensch muss weiterdenken, neue Wege gehen.

«Funktioniert wunderbar, man muss nur reden mit den Leuten». Für grössere Anschaffungen müssen natürlich entsprechende Mengen an Grünzeugs bereitstehen, oder andere, wertvollere Gegenwerte. Am Autosalon – der Eintritt hat über zwanzig Gurken gekostet – hat sich Karl in den neuen Kombi einer französischen Zitronenmarke verliebt. Sieht schick aus, adäquate Motorisierung für den sportlichen Mann – und Unmengen an Stauraum für Gemüse. Der Schlitten kostet siebzig Schweine oder dreissig Rinder.

Unglücklicherweise lehnt der nette Mann im dunklen Anzug jegliches Gemüse ab, so ähnlich wie manche Geschäfte nicht alle Kreditkarten akzeptieren. Oder keine WIR. Weil Karls Bank – aus Gründen – keine Kleingemüsekredite vergibt und sich das notwendige Grünzeug, um so viele Schweine kaufen zu können, nicht so lange ansparen lasst, ohne zu verfaulen, wird der arme Kerl wohl weiterhin auf dem Fahrrad anzutreffen sein. Schade.

Kein Grund, den Kopf hängen zu lassen, trotz Rückschlagen zeigt die Idee von Karl bereits erste Resultate: Am Eingang des Kaufhauses ist das Regal mit den Portemonnaies verschwunden. An seiner Stelle baut der Grossverteiler eine Laderampe, um in Zukunft die Tageseinnahmen in den Kühlwagen verladen werden können, – bevor sie zu stinken beginnen.

2001

Man müsste

Immer wieder ein Schmunzeln wert: Wenn ein Politiker, eine Politikerin beim emsigen Debattieren über Menschen spricht, mit denen er oder sie nie im Leben Kontakt hat. Niemals. Selber am noblen Zürichberg wohnen und sich ausgiebig über sogenannte Problemquartiere äussern, von Zürich Seebach bis Bern Bümpliz. Natürlich kennt man auch niemanden persönlich, der oder die da wohnt, denn ... – na ja, Sie wissen schon.

Die gepflegte Unwissenheit erstreckt sich über eine Vielzahl an Themen. Grosse Klappe über 10-Millionnen-Schweiz und selbst nicht etwa in der zum Bersten vollen S-Bahn zur Arbeit, weil es «da immer so Gerüche hat, fast ein bisschen stinkt». Einmal pro Jahr für die Caritas spenden und darum genau Bescheid wissen über die Sozialwerke. Von «Einzelfällen» in Sachen Kriminalität reden und persönlich nie und nimmer an den neuralgischen Punkte der Stadt antanzen (warum auch, ist ja gefährlich). Die Aufzählung ist nicht abschliessend, nicht wenige Politiker sind sehr gut darin, keine Ahnung zu haben.

Was helfen würde: Ab und an die Statistiken mit den bunten Grafiken zur Seite legen, sich als Volksvertreter mit der jeweiligen, vom diskutierten Thema betroffenen Volksgruppe befassen, etwa mit einem LKW-Fahrer auf ein Feierabandbier, der mit monatlich 4'000 Franken brutto eine vierköpfige Familie durchbringt. Mit einem Jugendlichen sprechen, der keine Lehrstelle findet, weil er im falschen Quartier wohnt oder «einer von denen» ist. Mit einer alleinerziehenden Mutter, die sich die Krankenkassenprämie nicht leisten kann.

Aber eben, dafür müsste halt vom hohen Ross herabgestiegen werden, heruntergekommen werden vom Zürichberg, raus aus der Blase, auf einen Schwatz in Schwamendingen.

2024

Es gibt nichts, was es nicht gibt

Im Marathon läuft man eine gewisse Distanz, während man im Biathlon einerseits mit Langlauf-Skiern langläuft (manchmal sehr, sehr lange) und zusätzlich an gewissen Posten mit einem Gewehr Ziele treffen muss. – Allerdings nur an den Posten, zum Leidwesen jener Zuschauer, die das Spektakel suchen. Das sieht ziemlich blöd aus, mit Skiern liegend irgendwohin schiessen. Triathlon ist mit Laufen, Schwimmen und Radfahren. Also sehr gesund.

Des Weiteren gibt es Quadrathlon (Triathlon plus Kanu-Versenken), Pentathlon (irgendwas mit Pornografie), Heptathlon (ach, vergessen Sie es!) und so weiter. Was augenscheinlich fehlt ist der logisch daraus folgende 9 ½-Kampf. Darüber ist in der modernen Literatur (Google) fast nichts zu finden.

Doch es gibt ihn, natürlich. Der für das Publikum nicht minder unterhaltsame 9 ½-Kampf wurde von Amnesty International inzwischen auf die Liste der bedrohten Sportarten gesetzt und wird heute extrem selten ausgeführt. Genauer gesagt findet nur alle hundertzweiundzwanzig Jahre ein 9 ½-Kampf statt. – Und dies nur bei Vollmond und gleichzeitiger Sonnenfinsternis bei Nacht.

9 ½-Kampf ist mit 12-Kilometer Hürdenschwimmen, 21- Kilometer Walken (sieht scheisse aus), Synchrontauchen, 5-Kilogramm-Kugelrollen (im Gegensatz zum relativ langweiligen Kugelstossen völlig unterschätzt), Einmann-Schach, 2-Liter-Kampftrinken, Stabseitensprung, Meniskuswerfen, Tennis (sieht ebenfalls scheisse aus) und einem halben Purzelbaum eine der härtesten Sportarten überhaupt.

Bis heute – auch hier will ich Ihnen nichts vormachen – hat sich leider kein einziger Sportler, der 9 ½-Kampf ausübt, an die Öffentlichkeit gewagt. Aber wissen Sie, liebe Leserin, lieber Leser, es gibt eben auch Dinge, über die man noch nie etwas gelesen oder gehört hat. Damit müssen wir uns abfinden. Bleiben Sie sportlich. Und gesund. Auf Wiederlesen.

2019

Über Pollen und Kartoffelchips

Wenn sich Ihr Immunsystem langweilt, dann reagiert es mit einer Allergie. Der Körper ist von Natur aus dafür geschaffen, immer etwas zu tun zu haben, weshalb es für jeden ratsam ist, ab und an krank zu werden. Denn – und da sind sich Experten weitestgehend einig – immer gesund zu sein ist ungesund. Kurzum: Allergiker sind im Grunde selber schuld.

Erwiesen ist: Menschen, die in Regionen mit weniger guten hygienischen Verhältnissen aufgewachsen sind, haben tendenziell weniger Allergien als Menschen aus Regionen ... – na ja, Sie wissen schon. Sollte das stimmen – was sehr wahrscheinlich scheint, weil es ja erwiesen ist – dann wäre die Pollenallergie eine Wohlstandskrankheit. Ich kenne übrigens keinen einzigen Fribourger mit einer Allergie, um hier ein bisschen Klischees zu bedienen. Gut, einverstanden, ich kenne auch keinen Fribourger ohne Allergie.

Manche Dinge scheinen von Mutter Natur eigens dafür erschaffen worden zu sein, um bei Menschen ganz üble Reaktionen hervorzurufen: Erdbeeren, Laktose, Staubmilben, Michelle Hunziker oder eben: Pollen, die Geissel der Menschheit. Pollenallergiker müssen sich enorm einschränken, sich morgens über die Pollensituation informieren und je nach Lage Medikamente einnehmen, präventiv, oder Aussenbereiche meiden. Im Extremfall müssen sie den ganzen Tag auf der Couch vor dem TV liegen, mit einer Tüte Paprika-Kartoffelchips (weil das die besten sind). Medikamente helfen immer, übrigens, bei allem. Die Welt will es so.

Als Betroffener einer Pollenallergie (Jargon: Polemiker) werden Sie natürlich nicht alleine gelassen. Im Netz lassen sich ganze Landkarten aufrufen, ähnlich wie diese meteori ... metor ... – ja, diese Wetterkarten halt, um die Situation pro Region einschätzen zu können. Wenn Sie zum Beispiel nach Basel müssen, geschäftlich, und der Bericht zeigt an ... – kurzer Sinn: Fahren Sie nur im äussersten Notfall nach Basel.

Dies scheint mir der optimale Zeitpunkt zu sein, diesen Text zu beenden. Vielleicht noch ein kleiner Nachtrag für Leserinnen und Leser, die allergisch auf blödes Geschwätz reagieren: Alles oben war gelogen. Sogar das mit den Paprika-Kartoffelchips, «Nature» sind die besten.

2024

Am Lernendsten

Wir sollten lernen, einfach einmal nichts zu lernen. Loslassen. Natürlich lernt man nie aus, ein Leben lang. Doch viele Menschen haben immerzu gelernt und gelernt, völlig rastlos, sodass sie vollkommen verlernt haben, wie man nichts lernt. Ja, liebe Leserin, lieber Leser: Das ist Philosophie. Sechzehntes Semester. Vom Feinsten.

In vielen Situationen unseres Alltags hören wir Dinge wie «hast du nichts dazugelernt?» und dies mit einem sehr, sehr abschätzigen Unterton. Richtig vorwurfsvoll sogar. Als ob es eine Pflicht wäre, sich Wissen oder Erfahrung anzueignen. Auf so eine – zu allem Elend oftmals rhetorisch gestellte – Frage darf man konfluxent antworten: «Nein, ich habe nichts dazugelernt». In solchen Fällen sollte man auch Gewalt anwenden dürfen.

Sogar in der Menschenrechts-Konvention sucht der interessierte Mitmensch vergebens nach einem Eintrag über das Recht jedes einzelnen, nichts dazu zu lernen. Ganz im Gegenteil fühlen sich viele Hilfsorganisationen dazu berufen, in die Bildung von Entwicklungsländern zu investieren. So lernen die vorher unwissenden Kinder, dass sie in einem Drittweltland leben. Und werden womöglich unglücklich. Das ist Schwachsinn.

Sie sehen: Lernen hat nur Nachteile. Der Mensch hat zum Beispiel gelernt, Atombomben zu bauen und sie einzusetzen. Nur gute Ausbildung und immenser Wissensdurst haben dies erst möglich gemacht. Ja, wir sind dazu verdammt, uns weiter zu entwickeln. Da haben es Würmer einfacher.

«Konfluxent» ist übrigens ein Wort, das es gar nicht gibt. Bereits viele Menschen in meinem Umfeld haben mich darauf aufmerksam gemacht, nachdem ich es benutzt hatte. Ich jedoch habe Stärke bewiesen und sie ignoriert. Wir müssen diesen Weg gehen. Selbst die Leserschaft kann sich im Zusammenhang mit dem vorliegenden Text die Arme verschränken und bedenkenlos konstatieren: «Ich habe nichts dazu gelernt».

2017

Heute: Die Entschuldigungs-Inflation

Eines Tages wurde klar: Das Wort «Entschuldigung» hatte stark an Wirkung eingebüsst. Es war schlicht zu oft, zu leicht über die Lippen gegangen, war von Menschen zum Teil flüchtig – sogar ohne Augenkontakt – ausgesprochen worden, salopp, sodass seine Bedeutung von «Guten Tag», «schönes Wetter heute» oder «Bayern München hat gestern gewonnen» nicht mehr zu unterscheiden war. Belanglos.

Das Ganze ähnelte der Inflation einer Währung: Der Kolumbianische Peso (Entschuldigung) verlor an Kaufkraft, weshalb die Waren (Verdikt, Malheur) teurer wurden. So war mit einem simplen «Bitte um Entschuldigung» je länger je mehr nichts mehr zu erreichen, keine Wirkung mehr zu erzielen, – es sei denn, man gab sich mit einem mitleidigen Lächeln des Empfängers zufrieden. Durchwegs unbefriedigende Situationen. Was tun?

Die Menschen begannen damit, ihre Entschuldigungen auszuschmücken. Ein «Ich bitte Sie höflichst um Entschuldigung, ich werde alle meine Energie dahingehend investieren, dass mir dies niemals wieder passiert» zum Beispiel, oder «Es tut mir aufrichtig leid, ich werde mich selber bestrafen und drei Wochen lang ausschliesslich Brokkoli essen» waren gang und Gäbe, und minutenlange – ach, was sage ich: Stundenlange Entschuldigungs-Vorträge waren keine Seltenheit.

Doch selbst dies verlor irgendwann an Wirkung. Leute begannen damit, kleine Geschenke zu übergeben, um ihren Entschuldigungen mehr Nachdruck zu verleihen, meistens Süssigkeiten, Gebäck oder Panini-Bildchen (mit Cristiano Ronaldo liess sich nahezu alles entschuldigen). So war es gang und gäbe, beispielsweise in öffentlichen Verkehrsmitteln, mit einem Stück Kuchen beschenkt zu werden, kurz nachdem «Entschuldigung, ist hier noch frei» gefragt worden war. «Sven Epiney Cake» war sehr beliebt.

Die nächste Stufe war, man hätte es erwarten können, dass sich die Menschen, nachdem sie zur Entschuldigung ein Stück selbst gebackenen Kuchen überreicht hatten, dafür entschuldigten, dass der Kuchen zu lange im Ofen geblieben war, zu wenig aufgegangen war, vielleicht, oder sonstige Mängel aufwies. Aber darüber vielleicht ein anderes Mal.

2021

China und die dunkle Seite

Darüber spricht man viel zu selten, in der Öffentlichkeit: Über die dunkle Seite des Mondes. Sie liegt da, wo die Sonne niemals hin scheint, sozusagen am Arsch des Erdtrabanten. Neil Armstrong war nämlich auf der hellen Seite gelandet, zusammen mit ein paar anderen, deren Namen die Wenigsten kennen. Auf der dunklen Seite wäre es viel zu dunkel gewesen. Viele Menschen verwechseln Neil Armstrong übrigens mit Louis Armstrong, was ein astronomischer Irrtum ist: Louis Armstrong hat während der Mondlandung in eine Trompete gepustet. Mit voller Kraft.

Natürlich waren die Chinesen die ersten, die auf der dunklen Seite des Mondes gelandet sind, vor nicht allzu langer Zeit, mit der Sonde «Chang'e 4». Klar, die aufstrebende Nation China, die wirtschaftlich inzwischen alle anderen Länder überholt hat, die Grossmacht schlechthin. Die Chinesen waren auch die ersten, die eine chinesische Mauer gebaut haben. Diese kann man übrigens weder von der hellen noch von der dunklen Seite des Mondes sehen, genauso wenig wie den Röschtigraben oder die Notre Dame. Die Mauer zwischen den USA und Mexiko ebenfalls nicht. Das sind alles Ammenmärchen.

Apropos Ammenmärchen: Die Mondlüge stellt die Landung der Amerikaner auf dem Mond infrage, nicht etwa – wie jetzt der Eindruck entstehen könnte – die Existenz der dunklen Seite des Mondes. Der rhetorisch versierte Verschwörungstheoretiker könnte ja beweisen, dass nur das existiert, was wir sehen können, ganz im Sinne einiger Philosophen. Man muss offen sein. Mit grosser Wahrscheinlichkeit kreisen Halbkugeln um die Sonne (mit Ausnahme der Erde, die bekanntlich eine Scheibe ist).

Die Landung von «Chang'e 4» auf dem Mond könnte einen neuen Trend in der Weltraumforschung einläuten: Fortan wird eine dunkle Seite nach der anderen erforscht, Jupiter, Saturn, Merkur, Nesquick und so weiter. Am Ende wird nur noch die dunkle Seite des Schwarzen Loches übrigbleiben, was mir persönlich ein kleines bisschen Kopfzerbrechen bereitet. – Aber zurück zum Mond: «Chang'e» bedeutet «Göttin des Mondes» oder so ähnlich. Übersetzungen vom Chinesischen ins Deutsche haben meist einen kleinen Graubereich. Vielleicht bedeutet es auch «Arsch des Mondes».

2019

Hanspeter und der Fortschritt

Hanspeter war ein Idealist. «Geld muss man sehen», pflegte er zu sagen, «Geld muss ich in meinen Händen spüren, wenn ich etwas bezahle.»

Der dumpfe Knall des Poststempels war Musik in seinen Ohren. Sogar, als die lokale Poststelle ihre Öffnungszeiten «den Kundenbedürfnissen anpasste», liess er sich nicht entmutigen. Die Post war nun exakt dann geöffnet, wenn Hanspeter arbeitete. Also machte er gegen Ende Monat jeweils etwas früher Schluss im Büro, das Postbüchlein in der Manteltasche, zusammen mit den Einzahlungsscheinen und der Kundenkarte.

Die Dame am Bankschalter – die mit den Dollarzeichen auf den Augen – fragte immer, ob er nicht E-Banking machen wolle. Nein. Ob er den Bezug nicht am Bankomaten nebenan machen wolle. Auch nicht.

Er hob am Schalter Geld ab, steckte es in einen Umschlag der Bank, kämpfte sich bei Wind und Wetter bis zur Poststelle durch und zahlte dort ein. Den leeren Umschlag hob er auf, denn Umschläge, wie wir alle seit Kindsbeinen wissen, Umschläge kann man immer gebrauchen.

Die Bankfiliale an seinem Ort wurde «restrukturiert», weshalb die Warteschlange in der Filiale des Nachbarortes anwuchs. Parkplätze wurden rar, dafür erhob seine Bank für Barauszahlungen neu eine Gebühr. Und die Post führte ein maximal kundenfreundliches Ticketsystem ein: Man nimmt sich ein Ticket mit einer Zahl und wartet, bis eben diese Zahl auf einem grossen Display erscheint. Es ist gut.

Das alles hätte Hanspeter egal sein können, im Prinzip, bis schliesslich seine Stunde geschlagen hatte. Da lag er nun, der arme Tropf, zusammengebrochen in der

Postfiliale, die Finger um ein Ticket gekrallt. Ein Kollateralschaden des Fortschritts. Als die Rettungskräfte eintrafen, war die Poststelle – wie immer auf die Minute pünktlich – bereits mit einem eisernen Gittertor geschlossen. Ja, das Schicksal hatte es wahrhaftig nicht gut gemeint: Er wäre als Nächster an der Reihe gewesen.

2024

Psssst

Selbst wenn wir uns auf den Kopf stellen: Ein Pilzfreund wird uns nie im Leben seine präferierten Sammelplätze verraten. Die Dinger wachsen ja immer an denselben Stellen. Darum setzen Insider jeweils dieses «ich-weiss-etwas-das-du-nicht-weisst»-Lächeln auf. Das ist so ähnlich wie in dieser Werbung, in der drei Männer in Appenzeller Tracht (betrachtete Männer?) den Zeigefinger vor den Mund halten und schweigen. So ein Käse.

Das Schweigen um die Pilzstellen bietet natürlich viel Spielraum für Spekulationen. Man hört von Plänen für die Übernahme der Weltherrschaft, die an Sammelplätzen geschmiedet werden. Oder diffuse Kräfte bereiten die Abwahl von Angela Merkel vor. Oder die Anwahl von Melania Trump. Der Brexit wurde auf einem Feld von Pfifferlingen eingefädelt. Sie sehen, Verschwörungstheorien schiessen wie Pilze aus dem Boden. Nicht umsonst trägt der nächste 007-Film den Titel «James Bond jagt Dr. Fungi».

Auch die Liebe ist betroffen von der Geheimniskrämerei, leider. Nachweislich haben es über achtzig Prozent der Heiratsschwindler nicht primär auf monetäre Werte ihrer Opfer abgesehen, sondern auf Informationen über präferierte Sammelstellen. Ja, das Böse macht vor nichts Halt. Am Ende liegt ein Abschiedsbrief auf dem Kissen und die Pilze sind weg. Pilzberatungen boomen.

Kommen wir zum Schluss. Wenn Sie, liebe Leserin, lieber Leser, einen Pilzsammler nach seinem besten Sammelplatz fragen, zum Beispiel an einem Apéro, und er gibt Ihnen eine präzise Antwort, dann müssen Ihre Alarmglocken läuten: Da ist etwas faul. Entweder steht der gerade unter bewusstseinserweiternden Substanzen (Pilzen?) oder es ist kein echter Pilzsammler, sondern ist ein elender Schummler. – Oder, um es mit den Worten eines Pilzfreundes zu sagen: Ein Schimmler.

2018

Mit Tempo 30 ins Glück

Sie kennen das. Bei Beginn einer sogenannten 30er-Zone sind nicht nur Schilder aufgestellt, die mit dieser Empfehlung da, in einem roten Kreis, nein, oftmals ist sogar eine grosse «30» aufgemalt, aufs Asphalt, mit weisser Farbe. Riesengross. Der Autofahrer, die Autofahrerin merkt sodann schlagartig: «Hier wäre es zu gefährlich, schneller zu fahren» und «hier sind Anwohner in der Nähe, die sich vom Lärm meines Fahrzeuges gestört fühlen könnten». Automobilität ist ein Segen. Und Rücksicht ebenfalls.

Vielleicht denkt sich manch ein Lenker in einem solchen Moment auch – und für diesen Satz schäme ich mich fast ein bisschen – also, vielleicht denkt sich ab und an jemand, dass er besser mit dem Fahrrad unterwegs sein sollte, eventuell sogar mit einem dieser fast omnipräsenten Lastenräder, oder zu Fuss, – ja, dass es unter Umständen gar nicht immer um höhere Sicherheit oder weniger Lärm geht, sondern ein kleines bisschen um Politik. Natürlich wirft der halbwegs intelligente Bürger derlei abwegige Gedanken Sekundenbruchteile nachdem sie durchs Gehirn geflitzt sind weit weg von sich, bestenfalls in einen Grüncontainer.

Die Idee, dass auf diesem Planeten Individuen leben könnten, die in nicht sonderlich gut erschlossenen ländlichen Gebieten wohnen, und daher ab und an tatsächlich mit einem bösen Automobil unterwegs sein müssen, sprengt das Vorstellungsvermögen des geschulten Öko-Hipsters, passt so gar nicht in sein von Nachhaltigkeit geprägtes Universum. Wer der Umwelt schadet, der oder die soll wenigsten mit Langsamkeit gestraft sein. Das Tempolimit ist die Schwester der Fairness.

Und so schleichen wir halt mit dreissig Kilometern pro Stunde ... – na ja, jedenfalls meistens tun wir das, denn Hand aufs Herz: Häufig erkenne ich die 30er-Limits gar nicht, wenn ich so mit achtzig Sachen daher brause, mit einer Flasche Bier in der Hand. Ich wünsche Ihnen eine gute und sichere Fahrt.

2024

Kampf dem Käfer

Einige Studien wollen herausgefunden haben, dass Insekten dem Menschen per se unsympathisch sind, weil sie mehr als vier Beine haben. Das Unterbewusstsein sagt sich «so viele Beine, nein, das ist fremd, pfui» oder so etwas Ähnliches und ruft Ekelgefühle hervor. Bei Spinnen ist das ja noch schlimmer, weil die Natur sie bekanntlich gleich mit acht Beinen beglückt hat. Das grösste Leid der Spinnen ist allerdings, dass sie von Laien oftmals zu den Insekten gezählt werden (die extreme Furcht vor Spinnen nennt man übrigens Archäologie oder so ähnlich).

Zurück zu den Insekten. Die allermeisten Studien sind ja erfunden oder gefälscht. Oder beides (wie neueste Studien belegen). Vermutlich haben Käfer vor allem deshalb ein Imageproblem, weil sie nahezu immer im dümmsten Moment auftauchen. Sie grillieren im Freien (also, nicht die Käfer, Sie verstehen) – und zack: Ein ekliger Käfer krabbelt in Richtung Wurst-Käse-Salat. Nachts schlaftrunken pinkeln gehen? – Kakerlake im Klo. Wohnungswechsel? – Säbelrasseln der Kellerasseln. Spüren Sie, wie Ihr Puls steigt? Ekel macht sich breit.

Selbstverständlich sind sich Käfer dessen bewusst. Sie legen es darauf an. Deswegen darf unsereins Käfer ungeniert zertreten, weil sie vom Karmakatalog explizit ausgeschlossen sind. Käfer sind Freiwild, sozusagen. Und es gibt weitere gute Botschaften zu diesem Thema: Die Insektenvielfalt hat sich aufgrund von Umweltgiften stark dezimiert, weshalb sich das Problem mittelfristig radikal lösen wird (Grünwähler haben das natürlich nicht begriffen ... item). Das Wort «Umweltgift» ist immer so schrecklich negativ konnotiert.

Kommen wir zum Schluss: Käfer sind gemein, Menschen auch, und am Ende wird der Stärkere überleben. – Vermutlich die Kakerlake.

2019

Wehret den Neidern

Hören wir auf, endlich, ständig auf die Beamten einzudreschen. Frieden schliessen. Die allermeisten Vorwürfe basieren ohnehin auf Halbwissen und lauwarmen Behauptungen. Dass Verwaltungsangestellte nicht sparen wollen – um nur ein Beispiel zu nennen – ist vollkommener Humbug: Sie steigern halt einfach da ihre Effizienz, wo es nicht jeder Dahergelaufene auf Anhieb sehen kann, von aussen. Es ist wahre Grösse. Konkret schonen sich viele Beamte bei der täglichen Arbeit, damit sie – langfristig gesehen – leistungsfähig bleiben und, sobald wirklich nötig, ihr gesamtes Potential abrufen können. Der richtige Moment kann wie ein Blitz aus heiterem Himmel in den Alltag zischen.

Und das permanente Schimpfen darüber, dass wir Steuerzahler die vermeintlich ineffiziente Verwaltung berappen müssten, greift zu kurz. Sie kreiert ein Täter-Opfer-Schema, um hier ein bisschen Heilpädagogik-Jargon einzuflechten. Schliesslich bezahlen Verwaltungsangestellte auch Steuern, finanzieren ergo die eigene, angebliche Ineffizienz mit. Sowas muss man sich immer und immer wieder vergegenwärtigen, wenn irgendein Gesuch von irgendeiner Stelle auch nach drei Monaten noch nicht bearbeitet worden ist.

Zudem – dieser Punkt wird nicht selten unter den Teppich gekehrt – sind Arbeitskräfte der Verwaltung häufig dummen Witzen ausgesetzt, auf Kosten ihrer Gilde. Ein Teil des Salärs darf daher ohne schlechtes Gewissen als Entschädigung für diese ... – wie bitte, Menschen aus der Privatwirtschaft sind auch blöden Scherzen ausgesetzt? – Pha, sehen sie, schon wieder wird relativiert, im Diskurs, zu Ungunsten der Beamten, eine Frechheit! Wenn es den Leuten in der Privatwirtschaft nicht passt, dann können sie ja immer noch in die Verwaltung wechseln. Selber schuld. Alle, die sich über Beamten beschweren, haben nämlich genau eine Gemeinsamkeit: Sie sind selber keine Beamte. Neidgesellschaft – bodenlose Unverschämtheit!

2024

An einem Montagmorgen Montagmorgen

Neulich, es war an einem Montagmorgen, wurde ich aus den Raum-Zeit-Kontinuum geschleudert. Ungelogen. Ich hatte soeben die Wohnung verlassen als ich auf der Strasse ein schönes, gelbes Auto erblickte – und schwupps, war ich wieder in der Wohnung, trat wieder hinaus und erlebte wieder genau diese Situation. Es war im Grunde ein bewusstes Déjà-vu. Man muss sich das einmal vorstellen. Ein Fehler in der Zeit!

Gut, wer den Film «Back to the Future» gesehen hat und sich ein bisschen mit der Relev ..., Relavi ... – na ja, mit Theorien befasst hat, der hat bestimmt ein genügend grosses Abstraktionsvermögen, um ein solches Erlebnis zu verarbeiten (gute Gespräche in schummrigen Bars helfen ebenfalls). Doch angenommen, jemand sei felsenfest davon überzeugt, es gebe nur eine Vergangenheit, nur eine einzige Gegenwart und … – ha, solche Menschen gibt es!

Schlussendlich war ich froh, an diesem Montagmorgen, dass ich nicht die erste, ursprünglich erlebte Gegenwart weitergelebt habe. Bestimmt wäre in dieser etwas ganz Schreckliches geschehen. Vielleicht hätte ich das Mobiltelefon fallen lassen und es hätte einen Kratzer ins Display gegeben. Oder ich wäre Helene Fischer begegnet. Man weiss nie. Vielleicht hätte ich auch sechs Richtige im Lotto getippt und dann Kylie Minogue getroffen. Item.

Unter Umständen finden, Sie, liebe Leserin, lieber Leser, das Ganze absurd. Sie glauben das nicht, geben Sie es zu! Gut möglich, dass man so etwas auch selber erlebt haben muss, um es zu glauben. Neulich, es war an einem Montagmorgen, wurde ich aus den Raum-Zeit-Kontinuum geschleudert. Ungelogen.

2019

Stupidité toujours

Geschafft: Das äusserst rassistische Lied «L'amour toujours» ist verboten worden, in Deutschland, zumindest an Volksfesten. Man muss Zeichen setzen. – Also, eigentlich ist das Stück selbst ja nicht rassistisch, überhaupt nicht, sondern eher ein Liebeslied, doch seit ein paar Betrunkene an Pfingsten einen fremdenfeindlichen Text dazu gegrölt … – Sie wissen schon, diese Geschichte vor einem Lokal auf Sylt. Der Interpret DJ Gigi D'Agostino versteht die Welt nicht mehr, kann seinen Ohren nicht trauen. Er hat den Titel wohlgemerkt vor über zwanzig

Jahren veröffentlicht. Im Kampf gegen braunes Gedankengut muss eben jeder seinen Beitrag leisten. Die Uefa zieht übrigens mit und verbietet den Song auf den Fanmeilen der EM.

In diesem Kontext erinnern wir uns gerne an das Stück «Layla», welches 2022 der grossen Masse nicht sonderlich gut bekannt war und erst nach dem Verbot richtig populär wurde. Der Erfolg gibt den deutschen Behörden recht: Die Verbannung dieses sexistischen Liedes hat bewirkt, dass jegliche Diskriminierung im Allgemeinen und Frauenfeindlichkeit im Besonderen nun gänzlich verschwunden sind. – Voilà, so kreiert man eine schöne Welt. «Layla» wurde im grossen Kanton übrigens zum erfolgreichsten Stück 2022.

Da können wir nur gratulieren, denn dröhnt «L'amour toujours» nicht mehr durch die Boxen, endlich, dann zischen auch bald keine braunen Gedanken mehr durch die Oberstübchen von Partygästen. Die Welt ist eben ein sehr einfacher Ort, zum guten Glück, danke an dieser Stelle auch an DJ Gigi D'Agostino für seinen Tribut zu Gunsten einer besseren Gesellschaft – grazie mille!

2024

Lauf, Forrest, lauf!

Um es vorneweg zu nehmen: Der Plural (oder *das* Plural?) von Marathon ist nicht Marathöner, wie der logisch denkende Sportfreund vermuten würde, nein, er ist ... – ach, wissen Sie, so wichtig ist das nun auch nicht. Viel wichtiger: Was Marathon-Läufer fast ebenso gerne machen wie Marathon-Laufen, ist darüber zu sprechen, wann und wo sie einen Marathon gelaufen sind. Im Idealfall sind das ja mehrere.

Die Legende will, dass Philippines – oder so ähnlich – einen zweiundvierzig Meter langen Lauf (oder Kilometer, meinetwegen) gemacht hat und nach der Ankunft (nicht etwa vor der Ankunft) tot zusammengebrochen ist. Den letzten Teil – also das Sterben im Ziel – lassen heute die meisten Sportler weg. Nichtsdestotrotz ist es erstaunlich, dass eine Disziplin, die sehr, sehr viele Menschen ausüben, auf einer Legende beruht. Armbrustschiessen auf Äpfel, die auf Kindsköpfen liegen, hat es zum Beispiel bis heute nicht an die olympischen Spiele geschafft.

Im Grunde hätte sich ja auch aus der Legende von Manfred K. aus Oldenburg, der seine Wohnungsschlüssel verloren hat und vierzig Meter weit bis zum Balkon hat klettern müssen, eine Disziplin entwickeln können. Oder aus dem Schicksal von Karlheinz P. aus Chur, der beim Versuch, die Einfahrt vor seinem Haus vom Schnee zu befreien, hundert Meter weit auf dem Eis geglitten ist. Nicht auszudenken. Aber zurück zum Marathon. 1921 wurde die Streckenlänge auf exakt 42,195 Kilometer festgelegt, von einem griechischen Gott.

Angenommen, der gute Bote (heute: Pöstler) wäre nicht nach Marathon gelaufen, sondern an irgendeinen anderen Ort. Zum Beispiel nach Niederrohrdorf oder nach Beinwil am Meer, damals, in Griechenland. Das – und da müssen wir ganz ehrlich sein – würde vielleicht doof klingen: «Ich habe den New York La Chaux-de-Fonds gemacht. Ein Bubentraum von mir». Oje, das klingt total bescheuert. Früher gehörten übrigens alle Ortschaften zu Griechenland.

Seien wir einfach froh, ist der sportliche Grieche nach Marathon gelaufen (oder dann halt nach Sparta, aber das ist eine andere Geschichte). Das klingt einfach besser in der Cafeteria. Völlig ungeklärt hingegen ist die Frage, ob Sie von sich behaupten können, einen Marathon gelaufen zu sein, wenn Sie für sich alleine 42,195 Kilometer gelaufen sind, ganz privat, ohne Startnummer und Finisher-Shirt. Darüber, liebe Leserin, lieber Leser, lesen Sie hier vielleicht ein anderes Mal. – Ich muss mich jetzt entschuldigen. Lauftraining, Sie wissen schon. Auf Wiederlesen!

2019

Wir sind Grill

Dies ist ein Text, der den Geschlechterkampf neu anheizen und das mittlerweile arg geschrumpfte Terrain der Männerdomänen abermals angreifen wird. Er ist sozusagen für Dich, Alice Schwarzer, denn es geht um ein heikles Thema, worüber die Männerwelt selten bis gar nie spricht. Nein, weder um Pornos oder Mundgeruch, weder um Impotenz noch um Schnelles-Auto-als-Phallussymbol. Es geht um mehr: Auch Frauen können Grillen. So, jetzt ist es raus. Und weil das so unglaublich klingt, noch einmal: Auch. Frauen. Können. Grillen.

Ganz klar, dass diese Zeilen einen Sturm der Entrüstung lostreten werden. Sagen Sie einem Mann, er könne nicht kochen, liebe Leserin, na ja. Aber sagen Sie nie – wirklich nie – er könne nicht grillen. Das ist weit schlimmer als wenn Sie des Mannes Schwester als seine Mutter bezeichnen. Oder als seinen Bruder. Ein absoluter Fauxpas, selbst wenn es stimmen sollte. Die Mutter aller Fettnäpfchen.

Denn Lektion Nummer eins für ein harmonisches Zusammenleben: Nur der Mann kann grillen. Sind die Spareribs so hart, dass man damit Baseball spielen könnte: Einfach an Lektion eins denken. Die weibliche Spezies sollte auf keinen Fall vorschlagen, den Grill zu bedienen. Das wäre viel zu gefährlich. Ist ja nicht mit Kochplatten, Dampfgarer, Induktionsherd oder wie das Zeugs alles heisst. Ist mit richtigem Feuer.

Es bringt erst gar nichts, das Thema in Frage zu stellen, denn die Veranlagungen sind sozusagen in die Gene eingebrannt. Dank der Zubereitung von Fleisch durch Männer vor ein paar tausend Jahren hat der Mensch überlebt und sich weiterentwickelt. Leugnen wir den Griller, dann leugnen wir uns, unsere ganze Existenz! So ist das. Abgesehen davon sind Grillzangen gar nicht auf so kleine Hände abgestimmt.

Am Ende bleibt nichts anderes übrig, als den Herren der Schöpfung das Gefühl zu geben, nur sie könnten Grillen. Mit einem freundlichen «Schatz, der Metzger hat die Steaks schon wieder zu dünn geschnitten, sodass sie verkohlt sind» hat schon manche Ehe gerettet. Oder

«Entschuldigung, liebe Gäste, ich habe das Fenster zur Küche offengelassen, deshalb dieser Geruch nach Verbranntem» kann einen Krieg verhindern.

Deshalb, liebe Leserin, tun Sie Sich selbst und Ihrer Umwelt einen Gefallen und beachten Sie die obenstehenden Tipps. Und noch ein wichtiger Ratschlag, bevor ich es vergesse: Hände weg vom Grill, das ist nichts für Frauen!

2014

Von gestern

Klaus-Theodor sagte «da sind Kratzer dran» und der Verkäufer erwiderte «das ist Vintage». Da wurde ihm, Klaus-Theodor, klar, dass er in die falsche Zeit hinein geboren worden war. Hätte er dieses schöne Möbel bloss fünfzig Jahre früher gesehen. Klaus-Theodor hätte gerne gefragt, warum an gewissen Stellen der Lack abbröckle, aber es war zu spät: Der Möbelmensch war bereits weg, vom Erdboden verschwunden, wie es in dieser Branche üblich ist. Verkäufer sind sehr gut im Weg-sein.

Als er sich umsah, da bemerkte er, dass tatsächlich alle Stücke in dieser Abteilung alt aussahen. Gebraucht. Hatte er sich etwa in ein Brockenhaus verirrt? – Nein, diese alten Möbel waren gleich teuer – oder sogar noch teurer – als neue Möbel. Und als er nach einiger Zeit tatsächlich einen anderen Angestellten fand und diesen fragte, was denn Vintage überhaupt sei, da sprach der Mann wirres Zeugs, sagte Dinge wie «letzter Schrei», «Retro» und «Trend aus den USA» und dergleichen.

Klaus-Theodor hatte ihn so verstanden, dass diese Möbel hergestellt würden wie alle anderen Möbel, doch am Schluss so behandelt würden, dass sie alt aussähen. Das konnte doch nicht wahr sein, dachte Klaus-Theodor. Und als er wieder zu Hause war, da nahm er einen dieser grossen, wasserfesten Filzstifte zur Hand und schrieb ein Schild «Vintage – 60'000 Franken». Er klebte das Schild hinter die Frontscheibe seines dreissigjährigen Ford Taunus. «Schlauer Fuchs», dachte sich Klaus-Theodor, putzte sich die Zähne, ging zu Bett und schlief mit einem glücklichen Lächeln ein.

2015

Es hilft

Während der religiöse Patient an die Wirkung des verschriebenen Medikaments glaubt, weiss sein Arzt um dessen Wirkung. – Oder er glaubt zumindest, es zu wissen. Erst die Zeit wird ja die Bestätigung bringen. Natürlich gibt es auch religiöse Schulmediziner. Sie wissen, dass Glaube je nach Situation besser heilen kann als Wissen (obwohl die meisten Medikamente von Wissenschaftlern entwickelt worden sind, nicht von Glaubenschaftlern).

Manche Theologen sprechen dem Weihwasser heilende Eigenschaften zu, was von den Halbgöttern in Weiss meist mit einem müden Lächeln quittiert wird, sowohl von religiösen als auch von atheistischen. Manche Menschen sind überzeugt, dass nur diejenigen Dinge existieren, die wissenschaftlich belegbar sind. Lachen soll übrigens gesund sein. Das haben Psychopaten – oder Psychologen meinetwegen – nachweisen können. Weinen ist ebenfalls gesund, glaube ich.

Probleme treten erst dann auf, wenn ein nachweislich wirksames Medikament dem Patienten nur darum nicht hilft, weil dieser nicht daran glaubt. Was will man da machen? Forscher wissen eben auch nur das, was man bisher herausgefunden hat. Manche Menschen haben auch eine geistige Krankheit, die verhindert, dass sie an irgendetwas glauben: An eine Heilung, daran etwa, dass der Mann im Kittel tatsächlich Arzt ist, oder an das neue iPhone. An manchen Orten werden Ungläubige hingerichtet. Da helfen Medikamente wenig.

Um dem vorliegenden Text ein Minimum an Sinn zu verleihen, ein Aufruf: Was immer Sie zu sich nehmen, liebe Leserin, lieber Leser, glauben Sie an die Wirkung! Die Wahrscheinlichkeit, dass der erwünschte Effekt eintritt, steigt damit nachweislich. Und falls nicht, ein kleiner Trost: Ich glaube selber nicht, was ich hier schreibe. Das weiss man doch.

2018

Alles falsch, alle dumm

Natürlich ist wieder vollkommen falsch entschieden worden, vom Volk, an der Urne, bei der eidgenössischen Abstimmung. Und wie jedes Mal – das ist mittlerweile so sicher wie das Amen in der Kirche – sagen die unterlegenen Interessengruppen, dass man «die Argumente nicht richtig an die Stimmbürgerinnen und Stimmbürger habe vermitteln» können. – Und, dass die Gegner selbstverständlich unsachgemäss informiert hätten. So so. Alles Dumpfbacken?

Nun, dazu gibt es eine Menge an Dingen zu sagen. Da wäre zum Beispiel die Unterstellung, das Volk habe sich nicht richtig informiert. Für einen Teil der Abstimmenden mag dies sogar zutreffen, doch: Dieses Argument könnte man ja auch dann in die Waagschale legen, wenn das eigene Vorhaben gutgeheissen worden wäre. Das «Schlafschaf» ist aufgewacht, hat den Wahlzettel in die Urne geworfen und ist sofort wieder in weggedöst. Die Welt ist so einfach. Man kann sich übrigens auch gut informieren und dann schlecht entscheiden. Geht gut. Und «Schlafschaf» ist ein neu erfundener, hundsgemeiner Begriff, um Menschen zu diffamieren (was Schafe dazu denken, bleibt deren Geheimnis).

Zudem lässt sich nicht oft genug betonen, dass ein demokratischer Entscheid auch dann ein demokratischer Entscheid ist, wenn aus streng sachlicher Sicht – also ganz ohne Emotionen – vermeintlich falsch entschieden worden ist. Die Mehrheit bestimmt, also steuert die Mehrheit das Schiff Helvetia eben auf einen Eisberg zu. Und bitte, bitte nie mehr sagen, das sei gar kein Mehrheits-Entscheid, weil viele nicht zur Urne gegangen seien. Das ist die Aussage der Verlierer, wenn absolut keine anderen Argumente mehr im Kopf herumschwirren, die verrostete Panzerhaubitze der Unterlegenen. Mimimi.

Aber eben, das alles mag uns nicht trösten, mag uns nicht über den eingangs erwähnten Fakt hinwegkommen: Es ist wieder völlig falsch entschieden worden, vom Volk. – Also von uns.

2024

Feuerwasser

Angefangen hatte es eigentlich, als der erste Mann mit dem Schnurrbart den zweiten Mann mit dem Schnurrbart in die Bar hatte hereinkommen sehen. Ihre Blicke trafen sich. Es war eine Art ungewollte Provokation. Der zweite Mann bewegte sich sodann geradewegs auf den bereits auf dem Barhocker sitzenden ersten Mann zu. Sie kannten sich nicht.

Der Barmann erkannte die Brisanz des Augenblicks und versuchte, die Stimmung zusätzlich anzuheizen, indem er mit der Schnapsflasche ein kleines Kunststückchen aufführte, so wie es die meisten beherrschen. Es war eine Tequila-Flasche halb leer oder halb voll.

Und so war es nicht verwunderlich, dass der zweite Mann mit dem Schnurbart zum ersten Mann mit dem Schnurbart sagte, dass er dort sitze wie ein kleines Mädchen und sich ganz sicher nicht auf ein Wetttrinken mit ihm einlassen würde. Dieser lachte höhnisch. Er willigte die Wette ein, und schon hatte der Barmann – dem dieser Umstand sehr gelegen kam – die ersten zwei Gläser gefüllt.

Sie tranken Tequila. Die beiden hatten ein überdurchschnittliches Durchhaltevermögen, wobei sich natürlich immer die Frage stellt, was wohl im Durchschnitt vertragen werden kann. Der Sieger des Spiels sollte erwartungsgemäss jener sein, der am Schluss noch auf dem Hocker sitzt und damit ausdrücklich die Befugnis des Verlierers haben sollte, mit dessen Geld die gesamte Zeche zu bezahlen.

Manchmal blieben auch ein paar Tropfen des starken Getränkes an den Schnurbärten hangen, was der Barmann sehr lustig fand. Dieser war glattrasiert und hatte eine Haut wie ein Babypo.

Was der erste Mann mit dem Schnurrbart nicht wusste war, dass sich der zweite Mann mit dem Schnurrbart so sicher war, dass er die Wette gewinnen würde, dass er gar kein Geld mit dabeihatte.

Als sie insgesamt bereits drei Flaschen weissen Tequila geleert hatten, betrat ein weiterer Mann die Bar und erschoss den zweiten Mann. Dieser fiel rücklings vom Hocker. Der Schütze, der übrigens keinen Schnurrbart trug, verliess die Bar sofort wieder.

Noch als der Barmann mit der Polizei telefonierte, um den Vorfall zu melden, bückte sich der erste Mann zur Leiche des zweiten Mannes, um ihm Geld für die Bezahlung der Konsumation abzunehmen. Er fand keines. Das war für ihn sehr, sehr ärgerlich, denn eigentlich hatte er die Wette ja gewonnen.

2003

Jeder ein Star

Den besten Kaffee machen die Italiener. Es ist so sicher wie das Amen in der Kirche, so klar wie die Deklaration auf der Tiefkühl-Lasagne: Für das Bier zum Deutschen, für den Strudel zum Österreicher, für die Croissants zum Franzosen und für den kultivierten Kaffee – eben – zum Italiener. Genau das dachte sich Klaus-Theodor, als er zum ersten Mal am Tresen einer bekannten amerikanischen Kaffeekette stand. An der Wand waren ein paar Physikformeln von Albert Einstein aufgeführt, die sich auf seine Nachfrage hin als das Getränkeangebot entpuppten.

Nach heftigen Protestrufen aus der Warteschlange hinter ihm bestellte er einen hundsnormalen Kaffee, einen «Doggy Normal Coffee», um dem langwierigen Beratungsgespräch ein Ende zu setzen. Klaus-Theodor staunte Bauklötze: Da fragte ihn doch die blutjunge Verkäuferin – vermutlich eine Psychologiestudentin mit nymphomanischen Neigungen – nach seinem Namen. «Öh, äh, Klaus-Theodor», stammelte Klaus-Theodor, worauf die Göttin mit einem schwarzen Filzstift tatsächlich seinen Namen auf einen Becher kritzelte. Wenn das nicht Liebe ist.

So war das also hier. Es war eben doch mehr als nur Kaffeetrinken, alle waren so schick angezogen, trugen lässige Freitag-Taschen, teure Sonnenbrillen, Markenjeans und Lap- oder bauchfreie Tops. Das war der Treffpunkt schlechthin, eben keine Kontaktbar wie an der Zürcher Langstrasse, kein Coffee Shop wie in Amsterdam sondern so was wie ein Contact Café. Manche hatten auch ein Kleinkind mit dabei, doch das waren keine herkömmlichen Kleinkinder, die waren alle so unglaublich cool. So urban, irgendwie. Total trendy.

Klaus-Theodor nippelte an seinem Kaffee, schaute ein bisschen hier, ein bisschen da, und fragte sich, was wohl diese Menschen gemacht haben, als es in der Schweiz diese Kaffeekette noch nicht gab. Nach langem Überlegen kam er zum Schluss, dass diese Wesen mit der Eröffnung der Filialen erfunden worden sein mussten. Eine andere Möglichkeit gab es nicht. – Egal, der Kaffee war jedenfalls gut. So gut wie Kaffee eben sein kann, der nicht beim Italiener gekauft wird. Klaus Theodor trank aus und machte sich auf den Weg zum Thailänder um die Ecke. – Croissants kaufen.

2013

So gratis wie noch nie

Am meisten gratis ist es längst nicht mehr, wenn es gar nichts kostet, sondern wenn wir noch etwas draufkriegen. Und zwar zusätzlich. Die volle Ladung. Bei diesen Angeboten, Sie wissen schon, die sowieso schon so etwas von hart kalkuliert und uns somit zum absolut niedrigsten, günstigsten Preis weltweit anlachen, fragen sich Herr und Frau Mathematikstudent zurecht: Wie kriegen die das bloss hin, diese Discounter?

Wie ist es möglich ein Produkt so durchzurechnen, dass die Marge auf dem absoluten Minimum (gemäss Werbung) gehalten ist und dem Kunden trotzdem noch ein Geschenk mitzugeben? Wie kann das am Ende aufgehen? Na ja, es haben in der Weltgeschichte schon viele Menschen Dinge bewegt, die absolut nicht rechnen können (Beispiel: Sowjetunion). Bei der heutigen «Am-billigsten-und-dennoch-mit-Geschenk»-Kultur allerdings drängt sich ein übler Verdacht auf, den wir hier nicht tot-reden möchten. Viel ehrlicher wäre doch der Slogan «Ein bisschen teurer – dafür mit Geschenk» oder so ähnlich. Aber wer kauft das schon.

Wir kaufen lieber das preiswerte Auto und kriegen die Klimaanlage gratis dazu. Oder vier Winterräder, das Familienpaket, das Navigationsgerät. Wir sind doch nicht blöd. Wir kaufen doch nichts, wenn es nichts dazugibt. Und das alles für dreimal nichts.

Vielleicht – noch besser! – erfüllen wir unseren Wunsch für ein paar Null-Prozent-Raten, will heissen auf Kredit, der nichts kostet. Komplett gratis. Oder andersrum: Wer den gleichen Preis in bar bezahlt, finanziert den Gratiskredit seines Mitmenschen gleich mit. So spart man. So schwimmen wir im Meer der Schnäppchenjäger. Nur was billig ist, ist gut.

Und so soll es auch sein. Schliesslich kurbelt das alles die Wirtschaft an, unser Heiligtum. Was wir meistens vergessen ist die absolut günstigste Variante: Gar nichts kaufen.

2010

Die Anti-Grüsser

Städter grüssen nicht. Während es auf dem Land nicht selten als Affront gilt – gar als subtil-aggressiver Akt der Vergeltung – jemand anderen nicht zu grüssen, – ja, während Aussagen wie «dieser Schuft hat mich nicht gegrüsst im Volg» oder «nachdem ich ihm an der Generalversammlung des Turnvereins die Leviten gelesen hatte, hat er mich drei Wochen lang nicht mehr gegrüsst im Rössli» provoziert werden, bleibt das «Grüezi» urban gar nicht erst ausgesprochen, bleibt in der halsigen Garage parkiert, zwischen Stimmbändern und Adamsapfel.

Dabei hat Grüssen eine Tradition, die weit zurückreicht, gar bis zu unseren Urahnen: Sobald sich zwei Menschen grüssen, signalisieren sie Freundschaft, guten Willen, was gerade in früheren Zeiten wichtig war, in denen Begegnungen – zumindest in der Regel – gefährlicher waren als heute. Früher hat man sich viel lieber gegenseitig totgeschlagen als heute, wo Frieden und Liebe den Alltag prägen. Viel, viel Liebe.

Wobei, um auf den Stadtmenschen zurückzukommen, wo kämen wir denn hin, wenn sich so viele Menschen gegenseitig stets grüssen würden, im Alltag. Die Menschen würden an einer regelrechten Überdosis Grüezi leiden, hätten keinen Atem mehr für die richtig wichtigen Dinge, zum Beispiel in ein Mobiltelefon zu sprechen oder den Busfahrer zu beleidigen. Das Gehirn würde mit weniger Sauerstoff versorgt (noch weniger!)

und das urbane Subjekt je länger je mehr verblöden. Das kann niemand wollen.

Den Faktor Zeit haben wir noch gar nicht angesprochen. Bei – sagen wir: 300 Grüssen pro Tag à 1 Sekunde macht das 5 Minuten, die produktiv eingesetzt werden könnten, zum Beispiel für … – na ja, wir wollen den Rahmen ja nicht sprengen. Pro Jahr sind das dann 30 Stunden vermeintlich unnützes Grüssen. Und dies scheint mir ein ausserordentlich guter Punkt zu sein, diesen Text hier zu beenden, denn auch ich habe nicht unendlich …

2024

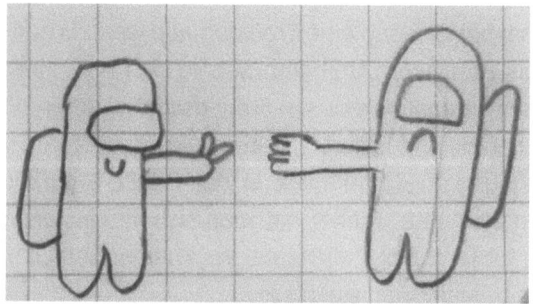

Heiter bis bewölkt

Das Schönste am Wetter ist die Wetterfee. Die Wetterfee ist sehr adrett gekleidet, steht auf irgendeinem Hochhaus in Zürich vor der Kamera und fuchtelt mit den Armen hin und her. Im gleichen Takt bewegen sich die Regenwolken. Das sieht wirklich sehr, sehr gut aus, selbst für Zuschauer, die sich keinen Deut für das Wetter interessieren. Aus diesem Grund steht auch nicht ein Wetterfrosch vor der Kamera. Das wäre unschön fürs Auge.

Genau wie der Wetterfrosch hat auch die Wetterfee Angst vor dem Storch. Und wenn sie schwanger wird, die Wetterfee, dann weiss es die Schweizer Illustrierte als erste – noch vor der jungen Frau selbst. Sie erfährt es aus einer Sonderausgabe, so dick wie ein Telefonbuch. Und so gehaltvoll wie ein Schwangerschaftsbauch. Ob Petrus der Vater sei? Frosch oder Prinz? – Wir erfahren es in der nächsten Ausgabe.

Im Gegensatz zur herkömmlichen, handelsüblichen Fee erfüllt die Wetterfee – egal ob schwanger oder nicht – keine drei Wünsche. Nicht einmal den einzigen Wunsch gelangweilter Fernsehzuschauer, es möge eine Böe kommen und ein bisschen Spektakel in die Prognose bringen, bleibt der Männerwelt vergönnt. Damit der starke Wind auf dem Hochhaus Leutschenbach der – meist magersüchtigen – Wetterfee nichts anhaben kann, werden vor der Sendung deren Füsse einbetoniert. Aber das sehen wir zu Hause vor dem TV natürlich nicht. Früher hatten die Fernsehmacher auf diesen Trick verzichtet, doch der Feenverschleiss wurde irgendwann zu gross.

Inzwischen ist die Wettervorhersage die beliebteste Sendung des Schweizer Fernsehens. Man kann nichts falsch machen (was dem Schweizer Fernsehen entgegenkommt), das Thema interessiert die meisten Zuschauer und die Ideen gehen niemals aus. – Und nicht zuletzt ... ähm, na ja, zugegeben, ein bisschen Cumulus-Erotik schwingt ebenfalls mit.

2013

Trau, schau, wem

Die Nachricht hat reingeballert wie ein Kugelblitz: Bei Paaren, die nicht eine politische Meinung teilen, erhöht sich auf Dauer die Wahrscheinlichkeit, sich zu trennen. Oder aber zwei Menschen kommen gar nicht erst zusammen, sondern lassen es gleich bleiben. Also, wenn jetzt die Frau die Sozialdemokraten wählt, immer wieder, als Beispiel, und der Mann SVP, dann ... – na ja, das hat jedenfalls eine Studie des Meinungsforschungsinstituts «Sotomo» hervorgebracht. Wir staunen Bauklötze.

Wobei, es soll ja auch Partnerschaften geben – sofern wir Gerüchten Glauben schenken wollen –, in denen der eine Teil Fan des FC Zürich ist und der andere des FC Basel. Oder HC Davos und SC Bern meinetwegen, Rammstein oder Taylor Swift, Chagall oder Miró. Vielleicht, um ein aktuelles, unschönes Bespiel zu bemühen, ist jemand eher Team Palästina und sein Partner, seine

Partnerin eher Team Israel (bei diesem Konflikt muss man ja eine Meinung vertreten, darf niemand neutral bleiben, um Teerung und Federung zu entgehen). Soll es geben.

Nun, um auf die Orientierung in der Schweizer Politlandschaft zurückzukommen: Diese hat natürlich eine weitaus grössere Bedeutung als etwa die Präferenz für einen Sportverein oder für eine Musikband, klar, da geht es ja um das Wohlergehen von Helvetia, von uns. Als politisch heterogen orientiertes Paar dürfte die Frage wohl auf einen Satz reduziert werden: «Ist uns die Zukunft der Schweiz wichtiger oder unsere gemeinsame Zukunft als Paar?» Paartherapeuten nicken ratlos, Scheidungsanwälte lächeln.

Um langsam zum Schluss (des Textes) zu kommen: Die Partnersuche wird nicht unbedingt einfacher, Schuld sind meistens die anderen, und als patriotisches Schweizer Pärchen sollte man unbedingt neutral bleiben, will heissen: An der Urne heben sich die Stimmen der einzelnen Partner jeweils auf. Auch das ist eben Demokratie. Amen.

2024

Doppelt und dreifach

Es gibt keine Fehlprognosen. Tatsächlich fehlt es Menschen, die von falschen Prognosen sprechen, lediglich an Weitsicht, an der richtigen Perspektive: Mag die Voraussage bei uns vielleicht nicht eingetroffen sein, so ist sie in einem Parallel-Universum – von denen es bekanntlich eine Vielzahl gibt – Realität geworden. Oh ja.

Darum sollte der bildungsnahe Mitmensch nicht von einer Fehlprognose im eigentlichen Sinne sprechen, sondern von einer Prognose, die nicht in ein und demselben Universum eingetroffen ist, in dem sich der Prognostiker befindet. Im Grunde ist es sogar ungleich schwieriger, von hier aus eine richtige Prognose für ein anderes Universum zu stellen. Die getadelten Fehlprognostiker sind im Endeffekt verkannte Helden.

Umgekehrt funktioniert das Prinzip natürlich genauso: Hört man einen Experten sagen «diese Entwicklung konnte niemand voraussehen», dann ist das an Ignoranz kaum zu überbieten. Denn irgendwo hat das mit Garantie irgendjemand vorausgesehen. Vielleicht nicht in unserer Welt, einverstanden. Aber anderswo sicher.

Und wenn Sie dies alles nicht verstanden haben, liebe Leserin, lieber Leser, dann sei Ihnen zum Trost gesagt: Mir geht es genauso. In einem Paralleluniversum jedoch ...– gut, es ist okay, ich höre auf.

2018

Jeder hat die Wahl

Eigentlich wollte Klaus-Dieter ja schon wählen gehen. Eigentlich. Allerdings hatte er den Zettel verloren. Für die Wahl. Den Wahlzettel zu verlieren heisst natürlich nicht, die Wahl zu verlieren. Diese hatte er sehr wohl noch. Er entschied sich, dennoch ins Lokal zu gehen, Zettel hin oder her. Natürlich nicht ins Wahllokal.

In seinem Stammlokal stellte Klaus-Dieter mit einer gewissen Genugtuung fest, dass auch andere nicht zur Wahl gegangen waren. Blerim und Ahmed zum Beispiel waren auch nicht hingegangen. Ergo hatte sich Klaus-Dieter gar nicht so verwählt, dachte er, als er die Wahl traf, ins Lokal zu gehen. Sie waren eine lustige Runde. Sie sprachen über Demokratie.

Was Klaus-Dieter seiner Frau spätabends nach seiner Rückkehr aus der Bar verschwieg, war, dass er gar nicht so verärgert darüber war, den Wahlzettel verloren zu haben. In Wahrheit hatte er ihn sogar absichtlich aus der Manteltasche fallen lassen, auf der Brücke. Aber so was konnte er seiner Frau unmöglich sagen. Das gäbe einen Riesenkrach, denn sie würde ihm Wahlfälschung vorwerfen.

2011

Miau, miau

Nun soll es also der gemeinen Hauskatze an den Kragen gehen, oder ans Flohband meinetwegen. Der Verein Klimaschutz Schweiz packt ein glühend heisses Eisen an und thematisiert tatsächlich den CO_2-Ausstoss, den uns die niedlichen Tierchen bescheren. Ja, was denn nun, ist die Hauskatze das SUV des kleinen Mannes? – Böse Blicke aus Richtung Katzenbaum. Obendrauf kommt der Schaden an der Biodiversität, denn Katzen würden offenbar nicht Whiskas kaufen, wie uns die Werbeindustrie weismachen wollte, sondern Libellen, Eidechsen, Frösche und Vögel. Pro Jahr sollen die vermeintlichen Bestien gemäss Schätzungen des Bundes für dreissig Millionen tote Vögel verantwortlich sein (wobei wir – die Bemerkung soll erlaubt sein – inzwischen mit Zahlen des Bundes vorsichtig geworden sind).

Die Botschaft springt wohlgemerkt in eine Zeit, in der Katzenvideos in den Sozialen Medien gefühlt über vierzig Quadrillionen Klicks generieren, pro Tag, und damit eine grössere Popularität geniessen als alles andere Erdenkliche auf diesem Planeten. Und diese niedlichen Geschöpfe sollen dem Planeten schaden, diese drolligen Wollknäuel sollen andere Tierchen töten? – Das passt so gar nicht zum Weltbild, durch unsere rosarote Brille betrachtet. Kein Wunder also, lassen hiesige Politikerinnen und Politiker lieber die Finger davon. Man kann nur verlieren.

Und die gern gebrachte Ausrede von Schülern, die zu spät zum Unterricht gekommen sind, «ich musste noch ein Katzenbaby von der Autobahn retten» gilt nun auch nicht mehr, aus die Maus, denn einen regelrechten Klimakiller zu retten gilt bald nicht mehr als ehrenwert. Bleibt zu hoffen, dass im Zusammenhang mit Klimaschutz in nächster Zeit nicht menschliche Babys zum Thema werden. Der Diskurs jedenfalls bleibt spannend, wir bleiben dran, auf Wiederlesen, oder andersrum: Miau, miau!

2024

Na, da unten halt

«Unten» ist ja so eine Sache. Wenn man sich «unten» waschen soll, dann sind damit in den wenigsten Fällen die Füsse gemeint. Wir wollen Dinge genau erklären, aber den Penis oder die Vagina beim Namen nennen, nein, das dann doch lieber nicht. Bei Autos spricht man übrigens von «Unterbodenwäsche», obwohl diese ja keine Geschlechtsteile haben, sondern oftmals welche ersetzen sollen. Also, bitte überall waschen, auch unten.

Wenn «oben» etwas nicht stimmt, in der Stube, dann ist das ebenfalls nicht erfreulich. Neurologen haben es erfasst: Gemeint ist nicht die Frisur, wobei vermutlich eine gewisse Kausalität besteht zwischen der Frisur und dem Oberstübchen des Trägers. Gerade Fussballspieler mit der auffälligsten Frisur geben nicht immer die besten Antworten beim Interview. Schön sein hilft oftmals, jedoch nicht immer.

Beim Begriff «Oben ohne» denken die Wenigsten an eine Glatze (Jargon: Fleischkappe). Nein, wir denken an blanke Busen. Dennoch sprechen wir das nicht so explizit aus. «Bachelorette» Adela Smajic hat sich übrigens die Hup ... – Entschuldigung: Die Brüste vergrössern lassen, was relativ gut zum Kontext «Oben ohne» passt. Die wirklich wichtigen Dinge der Welt erfährt man durchs Fernsehen. Vielen Dank.

«Die da oben» wird ja meistens mit einem negativen Unterton benutzt ... und bevor wir den Roten Faden total aus den Augen verlieren, kommen wir besser zum Schluss: Selbst in einer sogenannt aufgeschlossenen Gesellschaft werden Dinge gepflegt umschrieben und nicht beim Namen genannt. – Das kann einem ganz schön auf den Sack gehen.

2018

Quadratisch – praktisch – gut

Wenn Sie ganz genau überlegen, ganz genau, dann kommen Sie unweigerlich zum Schluss, dass die Geschichte mit der Plattentektonik totaler Schwachsinn ist. Genau: Absoluter Nonsens. Vor geraumer Zeit haben die Menschen geglaubt, die Erde sei eine Scheibe (gewisse Schweizer Parteien glauben das heute noch). Später entdeckte man das Wallis und merkte, dass da noch mehr sein muss. Plötzlich hiess es also, wir würden auf einer Kugel leben und nun – Herrgott noch mal! – sollen wir auf Platten leben, die auf einer Kugel schwimmen?

Wer soll denn bitte schön so etwas noch glauben, von der Scheibe zur Kugel zu Platten? Was kommt als nächstes aus den Federn unserer unfehlbaren Wissenschaft?

Wir haben ein bisschen recherchiert und das Ei des Kolumbus (ja, es gibt Menschen, die zu allem Überfluss behaupten, die Erde sei ein Ei) gefunden: Die Erde ist ein Quader.

Sie haben richtig gelesen, ein Quader. Viele physikalische Gesetze untermauern diese These. Die Eiswürfel in Ihrem Whiskey sind zum Beispiel niemals rund. Genau, die runde Form widerspricht dem grundlegenden Naturell dieses Planeten, denn die wahre Form ist quadratisch: Häuser, Tische, Schachbretter, alles mit vier Ecken. Die meisten Früchte sind bloss darum rund, weil es zu umständlich wäre, quadratisch zu wachsen.

Und hören Sie mir bloss auf mit diesem Quatsch von Plattentektonik und dergleichen. Denn wenn Sie ganz genau überlegen, dann kann das gar nicht sein.

2012

Der Reiz der Tierwelt

Hunde wissen: Wenn sie gereizt werden, dann brauchen sie nur ihre Rückenhaare aufzustellen, und gut ist. Selbst der doofste Nachbar, das nervigste ADHS-Kind, die hinterletzte Katze merkt sodann, dass es unter Umständen eine nicht allzu schlechte Option wäre, diejenige Tätigkeit, die man gegenwärtig ausübt, einzustellen. Streicheln, laut schreien, am Schwanz reissen: Nein, einfach nicht.

Männer mit starker Rückenbehaarung tun es den Hunden gleich, übrigens (und Frauen natürlich auch, um hier allen Gender-Ansprüchen gerecht zu werden), doch noch zuverlässigere Indizien für Gereiztheit bei Menschen sind a) das Heben der Augenbrauen, und b) die ausdrückliche Beteuerung des Gereizten, dass er ausgesprochen ruhig bleibe, was selbstverständlich eine zum Scheitern verurteilte Lüge ist. Ein Wort gibt das andere.

Pferde – die bekanntlich in der Tierwelt nicht eben als die Krönung der Evolution verschrien sind – bevorzugen es, die Ohren nach hinten zu legen, wenn sie gereizt werden. Muss man wissen. Ein paar Sekunden später kann gut und gerne ein Huf geflogen kommen, oder – damit rechnen die wenigsten – man wird heftig gebissen (darum niemals einem Gaul ins Maul schauen, den Tipp kriegen Sie geschenkt). Wiehern ist übrigens der verzweifelte Versuch des Tiers, Kühen die grosse Bewunderung kundzutun.

Womit wir bei den Sympathieträgerinnen schlechthin angelangt wären: Kühe sind niemals gereizt. Sie kauen einfach hin und her, Mag ein, Mag aus. Das bringt ihnen einerseits – siehe oben – die Bewunderung der Pferde ein, und anderseits das Image, absolut gleichgültig zu sein, was natürlich absoluter Schwachsinn ist, wie ihnen Bauern erklären können. Sie denken sich sehr wohl ihre Sache (also, die Kühe, Sie verstehen), und bleiben einfach ruhig, egal, ob es nun um Landesverteidigung, Mode oder Subventionen geht. Besonnen. Der Buddhismus hat den Weg in die Milchwirtschaft gefunden, sozusagen.

So, das wäre es bereits gewesen mit dem kleinen Ausflug ins Aggressions-Management des Tierreichs. Die Reizbarkeit der Katzen haben wir bewusst weggelassen, wegen allfälliger geharnischten Reaktionen unserer Katzenfreunde («my Cat is my Castle» und «wer Katzen nicht mag, der isst auch Kinder» und dergleichen). Alle Rückenhaare sollen schliesslich so bleiben, wie sie sind. Auf Wiederlesen!

2020

Ich fress' einen Besen

Es gibt Städter, die haben noch niemals einen Besen in Händen gehalten. Kein Witz. Eine Schaufel schon gar nicht, solche kennen sie bloss von Baustellen, denen sie zu Fuss ausweichen müssen, augenverdrehend und seufzend. Viele Städter haben auch noch nie eine Kuh gesehen, mit eigenen Augen. Sie denken, Milch sei eine Limo wie etwa Fanta oder Sprite.

Herrn und Frau Urbano ist körperliche Arbeit fremd, sie wissen nicht, wie es sich anfühlt, wenn man Schnee schippen, jäten oder – eben – die Zufahrt kehren muss, – nein, es ekelt den Stadtbewohner sogar an, wenn er ausserhalb eines Fitnessstudios schwitzt. Fühlt sich unnatürlich an, irgendwie, Instagram-Menschen schwitzen ja auch nicht. Die früheren Fitnessstudios sind verschwunden, übrigens, sind offenbar gesprengt worden, so scheint es zumindest; moderne Menschen gehen ins «Gym». Es ist wichtig, dass Dinge gut klingen.

Der Stadtmensch schlüpft in seine Retro Sneakers, stopft sich kleine, technische Wunderwerke in die Ohren, hübscht sein Frisürchen auf Ronaldo-Niveau auf und flitzt mit dem e-Scooter ... – wie bitte, alles Klischees? – Ja, gucken Sie sich doch einmal um: Genderneutrale «ich-bin-der-Geilste»-Hipster mit schön gepflegten Bärten, wo das Auge hinreicht, Frauen mit Markentäschchen, die sie so verkrampft elegant im Ellenbogenwinkel tragen, als hätte sie TikTok erbrochen. Eine Kunstwelt, mehr Pein als Sein.

Wo waren wir stehen geblieben? – Ah, beim Besen, dem unbenutzten. Urbane Hexen fliegen übrigens mit Dyson-Staubsaugern durch die Häuserschluchten – mit diesen kabellosen, natürlich, sonst wäre ja irgendwie blöd ... – wenn sie nicht gerade ein Lastenrad auf dem Gehsteig exakt vor dem Bioladen parkieren. Städter sind der Landbevölkerung ja moralisch total überlegen, weil sie viel, viel ökologischer ... – so, Schluss jetzt, genug der Tiraden, muss weiter, Tschuldigung. Vorplatz kehren. Auf Wiederlesen.

2024

Tanzende Synapsen

Querdenker benutzen beide Hirnhälften gleichzeitig, da sie von links nach rechts denken, oder umgekehrt, also von Ohr zu Ohr, oder wie der Freund des lokal geprägten Sprachgebrauchs zu sagen pflegt, «Göschenen – Airolo» (eine Redewendung, die seit der Eröffnung des Gotthard-Basistunnels ja nicht ... – gut, lassen wir das). Ganz im Gegensatz zum Querdenker kann der Vertikaldenker immer nur eine Hälfte gleichzeitig benutzen, was – natürlich – unmöglich ein ganzheitliches Bild der Welt ergeben kann.

Wie der Biologielehrer damals in Richtung unserer mit Pickel übersäten Gesichtern gesagt hat, wird der rechten Hirnhälfte vor allem Kreativität zugeschrieben, während die linke hauptsächlich analytisch tätig ist. Bei Menschen, die südlich des Äquators geboren worden sind, ist es übrigens umgekehrt (Corioliskraft). Und Babys, die exakt auf dem Äquator geboren ... na ja, das würde jetzt den Rahmen sprengen, Entschuldigung.

Worauf ich hinauswill: Querdenker sind in der Lage, mit der rechten, also kreativen Hirnhälfte haarsträubende Thesen aufzustellen. Bevor der Vertikaldenker einwenden kann «das ist der Mount Everest der Bescheuertheit, bitte suche dringend fachmännische Hilfe», aktiviert der Querdenker seine linke Hirnhälfte und untermauert seine These mit Salven von stichhaltigen Beweisen, Fakten und wissenschaftlich geprüften Vermutungen. Das ist Neurobiologie.

Der Querdenker ist also der ganzheitlichen Erfassung eines komplexen Themas deutlich näher als ... – wobei, von den Diagonaldenkern, Triangeldenkern – Achtung: Auge der Vorsehung! – und Würfeldenkern haben wir noch gar nicht gesprochen. Darüber vielleicht ein anderes Mal, – sofern Illuminati unsere Hirnleistung bis dahin nicht bereits gedrosselt haben.

2021

Hände hoch

Bereits alle Witze und Sprüche für gesellschaftliche Anlässe aufgebraucht? – Für jene Partylöwen, Partylöwinnen, die schon vermeintlich alles unternommen haben zur Unterhaltung der Gäste (inklusive freihändiges Jägermeister-Trinken hin- und zurück), wird es höchste Zeit, sich einen Blick in die grosse Welt der Wahrsagerei zu gönnen: Handlesen.

Irgendwas muss ja dran sein, warum sonst lesen inzwischen mehr Leute Hände als Bücher. Und an jedem Anlass werden Sie zum Helden der seichten Unterhaltung erkoren. Hier eine Kurzeinführung (Deutsch: Crash-Kurs) in die weite Welt der Deutung.

Starten wir mit der Lebenslinie, die bekanntlich quer über die ganze Hand verläuft und die Lebensdauer der Versuchsperson widerspiegelt. Sie ist insofern gut für Anfänger, weil sich bis anhin die wenigsten Versuchsobjekte über eine Fehlprognose beschwert haben. Offenbar symbolisieren lange Linien am Körper die Zeitdauer des

Lebens, ergo könnte man genauso gut die Einbuchtung bei der Wirbelsäule deuten. Oder die Ritze zwischen den Pobacken, was Fragen aufwerfen dürfte bezüglich Praktikabilität, so an Jahrmärkten oder eben an Partys (Ausnahmen bestätigen die Regel). Bleiben wir bei den Händen. Wir kennen eine Schicksalslinie, eine Herzlinie und noch ein paar weitere Linien. Überschreiten Sie bloss nie eine Doppellinie. Und achten Sie darauf, immer in der Möglichkeitsform zu sprechen, nicht so schrecklich definitiv. Türen öffnen, es soll ja Freude bereiten. Ist die Schicksalslinie kurz und tief, so wird die Person am nächsten Tag sterben. Ist die Herzlinie lang und schwach, so könnte sich im Leben irgendwann irgendwas unter Umständen verändern, beweisen sie Kreativität. Und ist die Furche in der Haut überdurchschnittlich tief, so könnte die Person am Vortag mit dem Fahrrad hingefallen sein. Am späteren Abend ist allerdings Vorsicht angesagt, liebe Herren: Ist die Person weiblich und die Liebeslinie über hundert Zentimeter lang, so sind befinden wir uns nicht mehr im Bereich der Hände, was je nachdem ... – na ja.

So, die Zeit ist um und dieses Thema so vielschichtig, dass wir nur gerade die wichtigsten Linien geschafft haben. Jetzt gilt: Üben, üben und nochmals üben. Also, viel Erfolg. Das nächste Mal sprechen wir über Kaffeesatzlesen in Kombination mit Bleigiessen. Wundsalbe nicht vergessen. Auf Wiedersehen.

2009

Lichtblitz über Bümpliz

Endlich. Endlich ein Lichtschweif am Nachthimmel, ein Spektakel, das Menschen von Bergamo bis Bern Bethlehem den Atem raubt. Zeitungen haben darüber berichtet, haben verblüffte Augenzeugen zitiert, die teils ganz aus dem Häuschen waren. Einer hat zu Protokoll gegeben, es sei das Schönste gewesen, was er in seinem Leben je gesehen habe. Wir alle wollen nicht wissen, was der bisher bereits gesehen hat.

Was in aller Welt hat den Himmel gequert, etwa eine Supernova, ein Meteorit oder eher Captain Kirk mit seinen intergalaktischen Mädchen und Buben? War es ein Schweif der Hoffnung, etwa eine überdimensionierte Friedenstaube mit Überschall-Geschwindigkeit? Die Antwort hört sich eher unspektakulär an: Ein Satellit von Starlink hat sein natürliches Habitat verlassen und ist verglüht. Die Ironie ist unverkennbar, Satelliten sollen uns weltweiten Internetzugang ermöglichen, weshalb wir im Netz nachlesen können, was zum Henker vom Himmel fällt. Es darf gelacht werden.

Es war also wieder keine Fee, nein, nix mit drei Wünschen. Der Heimatplanet von Superman heisst übrigens Krypton (wollte ich noch loswerden, sorry). Jedenfalls zeigt uns das Geschehnis, dass Dinge, die ins All geschossen werden, gelegentlich wieder zurückkommen könnten. Muss man wissen. Inzwischen schwirren ja tausende dieser Teile kreuz und quer in der Milchstrasse herum.

Im zweiten Teil dieses Textes wäre eigentlich eine Huldigung an Elon Musk angedacht gewesen, den Mitbesitzer von Starlink. Doch machen wir es kurz: Danke Elon Musk, wir lieben Dich und Deine Satelliten, Du hast uns einen wunderschönen Augenblick beschert. Für manche sogar den bisher schönsten ihres Lebens.

2024

Achtung: Drei Halbzeiten im Eishockey

In der Halbzeit bläst der Schiedsrichter kräftig in seine Trillerpfeife, die zweiundzwanzig Fussballer, die sich Sekunden zuvor noch so verhalten haben, als ginge es um Leben und Tod, schlendern gelangweilt zur Kabine, wo alle Tee trinken und der Trainer böse Dinge sagt wie «Kevin, du musst den Ball von links nach rechts spielen – aber subito!», und viele Zuschauer kaufen sich eine Bratwurst und ein Bier. Manche beschimpfen auch den Schiedsrichter oder die Anhänger der gegnerischen Mannschaft. Oder ihren Hund.

Ja, manchmal ist die Halbzeit spannender als das Spiel selbst. Vermutlich hat man in Eishockey deshalb zwei Pausen eingeführt und spielt in drei Dritteln, was doch eher erstaunlich ist, weil viele Sportfreunde insgeheim denken, es grenze an ein Wunder, dass sich die nicht eben für geistige Höhenflüge verschrienen Eishockeyspieler so etwas merken können. Kaum auszudenken, was das für ein Chaos gäbe, wenn zum Beispiel ein Team nach zwei Dritteln duschen ginge. Vielleicht sind ja auf

Druck der Wurstverkäufer zwei Pausen eingeführt worden. Fleischlobbyisten sind eine Macht. Man weiss es nicht.

Für diejenigen Leserinnen und Leser, die es nicht bemerkt haben sollten: Soeben haben Sie die Halbzeit dieses Textes passiert, der bis anhin den Informationsgehalt von – na ja, wir müssen nicht alles totreden. Jedenfalls haben wir nicht viel gelernt. – Ausser natürlich die Eishockeyspieler unter uns.

2011

R.I.P. Nutri-Score

Ist das der Anfang vom Ende? Die Nachricht hat eingeschlagen wie eine karamellisierte Zuckerbombe: Der sogenannte Nutri-Score, unser aller Leitfaden für eine ausgewogene Ernährung und ewiges Leben – diese Kategorisierung also soll im Sterben liegen. Ernährungsberaterinnen am Limit. Der Lebensmittelhersteller Danone nämlich, seines Zeichens einer der Initiatoren, sozusagen der Mitbegründer ebendieser Anzeige, hat angekündigt, in Zukunft – zumindest bei trinkbaren Produkten – auf diese Deklarierung zu verzichten. Skandal. Offenbar sind hierzulande etwa neuntausend Lebensmittel mit diesem Ding versehen.

Eigentlich eine super Idee, dieser Nutri-Score: Lebensmittel werden mit einem Buchstaben versehen, von A bis E, wobei A einfach toll ist für den Körper und E superböse, die Napalmbombe unter den Nahrungsmitteln. Was also soll an diesem System auszusetzen sein? – Tja, ganz einfach, die Konsumentinnen und Konsumenten sind zu blöd, das Konzept zu verstehen (ich persönlich eingeschlossen), denn – aufgepasst! – die Buchstaben beziehen sich jeweils auf dieselbe Produkte-Kategorie.

So müssen zum Beispiel Frühstücksflocken mit Schokolade-Karamell-Nougat-Überzug nicht unbedingt den schlechtesten Wert (D) aufgedruckt haben, nein, weil in derselben Kategorie das Zuckerfestival-Glucosebomben-Crunchmüesli mit Glasur im Regal steht. Ein bisschen weniger schlecht ist eben doch besser, wissen Sie. Oder Cola Zero, wie sogar in Bern oben bereits einmal vorwärts und rückwärts durchdiskutiert worden ist, kann einen besseren Nutri-Score deklariert haben als Apfelmost.

Was uns Konsumentinnen und Konsumenten bleibt, ist eine latente Ratlosigkeit und die furchtbare Angst, dass Alpträume wahr werden und dieser Score bald Vergangenheit sein könnte. Oder aber wir leben nach demselben Credo wie bereits Millionen von Menschen vor uns: Gesund ist, was man gern isst. – En Guete!

2024

Lug und Trug

Gerade in intellektuellen Kreisen hört man sich ja gerne sagen, dass es von uns Menschen geradezu arrogant sei, zu glauben, in den unendlichen Weiten des Universums gebe es kein anderes Leben. Das klingt ziemlich gut, zum Beispiel an einer Party. Und es schwingt ein Hauch von Weltbürgertum mit (oder besser: universellem Bürgertum). Einfach perfekt.

Noch einmal ganz langsam, zum Mitschreiben, ein für alle Mal: Es gibt keine Ausserirdischen. Nein, selbst die drolligen, blauen Männchen am Strassenrand sind keine Ausserirdischen, sondern von der Kantonspolizei. Die Jungs von «Modern Talking» sind ebenfalls Muttererden entsprungen, selbst wenn das unglaublich und vielleicht etwas beleidigend für den Planeten klingt. Und E.T. war entgegen vieler Behauptungen ein Film, der nicht auf wahren Begebenheiten basiert. Nichts mit «nach Hause telefonieren».

Die meisten UFO-Sichtungen werden übrigens nach ausschweifenden Technopartys gemeldet (und die meisten Begegnungen mit Ausserirdischen von Türstehern eben dieser Partys). Dabei beschreiben Leute, die unter Alkohol- oder Drogeneinfluss stehen, die Flugbahn ebendieser angeblich gesichteten Objekte nicht selten so, als ob deren Piloten ebenfalls unter Alkohol- oder Drogeneinfluss gestanden hätten. Am Schluss weiss es dann niemand so genau, für gewöhnlich.

Ein Wort gibt das andere. Und bewiesen ist rein gar nichts, so tragisch dies für die vermeintlichen Zeugen sein mag. Am Ende entspringt der Glaube an Ausserirdische vermutlich der grossen Hoffnung der Menschen, dass es irgendwo da draussen etwas gibt, was einen retten könnte, irgendetwas, das unser Dasein in einen kosmischen Kontext stellen würde, polemisch ausgedrückt. Oder dem Bedürfnis, sich an einer Party interessant zu machen.

2014

Schön sein

Es gibt Menschen, die streichen sich Schlamm ins Gesicht. Danach – also, nach dem Entfernen der Maske, Sie verstehen – sind sie viel schöner («Mehr Dreck» hat bereits Chris von Rohr gesagt, der berühmte Musiker). Wellness-Zentren schiessen aus dem Boden wie Pickel aus Teenager. Sie stehen meist in der Nähe eines Klärbeckens. Sie sehen, nicht nur im TV lässt sich aus Scheisse Geld machen.

Wobei Gesichtsmaske eine sonderbare Wortschöpfung ist. Welche Maske bedeck denn nicht das Gesicht? Na ja, das liebe Deutsch. Aber zurück zum eigentlichen Thema Kosmetik: So vieles soll schön machen, wenn man es sich fachmännisch ins Gesicht schmiert: Kohle, Öl, Joghurt, Gurke oder gar Schneckenschleim. Unsere Recherchen führen zurück ins Mittelalter: Schon damals hat man den Mitmenschen Pech aufgetragen.

Apropos Gurke: Einem Glas Gin Tonic wird nicht selten ein Schnitz Gurke beigefügt. Ist vitaminreich. Ganz ehrlich, liebe Leserin, lieber Leser, als Gurke würden Sie wohl lieber in einem Ginglas enden als … na ja, item. Gin an sich macht ja bereits schöner. Allerdings nicht den Trinker selbst, sondern die Leute um ihn herum.

Womit wir beim Schluss angekommen wären. Vergessen wir Schönheitsmasken, denn erstens liegt die Schönheit im Auge des Betrachters und zweitens – Achtung, jetzt wird es ein kleines bisschen philosophisch – kommt echte Schönheit von innen, bekanntlich. Gin wirkt schliesslich auch von innen. Und gibt warm, obendrein. Auf Wiederlesen, bleiben Sie schön!

2019

Nichts passiert

Im Endeffekt war es eine riesige Enttäuschung. Klaus-Theodor hatte nach einer siebenstündigen, halsbrecherischen Wanderung bei brütender Hitze auf dieser Alp gestanden und war mucksmäuschenstill. Und so war es auch, zu seinem grossen Erstaunen, mucksmäuschenstill: Der Berg rief nicht. Nichts, nada, kein Ton, nicht mal ein Kieselstein hätte auch nur einen einzigen Laut von sich gegeben. Es war alles eine Lüge.

Eigentlich hätte er es ja wissen müssen, spätestens nach diesem prägenden Erlebnis kürzlich, als Klaus-Theodor in den Wald rief. Nichts hallte zurück. Mehr noch, mit so vielem war es ihm ähnlich ergangen: Als er in der Primarschule das Schreiben lernte, war sein Papier ganz und gar nicht geduldig, im kleinen, Bündner Dorf sagten weder Füchse noch Hasen gute Nacht und im Fernsehen sprachen gerührte Oscar-Gewinnerinnen vor versammeltem Publikum gerührt ins Mikrophon, sie seien sprachlos. Erstunken und erlogen.

Am Bahnhof Erstfeld traf er auf einen Tunnelbauer, der gerade auf dem Weg in den Urlaub war. Natürlich erzählte Klaus-Theodor von seinen negativen Erlebnissen. Dieser zuckte mit den Schultern und entgegnete lapidar, man solle sich keinen Illusionen hingeben. Er habe kürzlich *in* den Berg gerufen und es sei nichts passiert, kein Echo, einfach nichts. Im Endeffekt sei es eine Enttäuschung, ein richtiger Beschiss.

2012

Aufruhr im Kekseland

Stellen Sie sich vor, Sie hätten Gäste bei sich zu Hause, vielleicht ein paar Freunde aus dem Sportverein, Bekannte aus der Nachbarschaft oder Verwandte zweiten Grades meinetwegen, ist nicht matchentscheidend für unser Experiment. Sie servieren Kaffee, plaudern über Gott und die Welt, über das Bruttoinlandprodukt von Litauen, Red Bull Salzburg oder die Deutsche Bahn, was weiss ich.

Dann reissen Sie eine Packung Kekse auf, Sie wissen schon, einer dieser Guetzli-Mischungen, die beim Verteiler unseres Vertrauens in den Regalen stehen: Petit Beurre, Nuss-Stängeli, Japonais, Spitzbuben, Bärentatzen ... – da ist für jeden Geschmack etwas dabei. Nette Idee. Und doch enthalten diese Packungen immer Sorten, die länger im Porzellan-Tellerchen liegen bleiben als andere, – ja, im Kekse-Kosmos ist nicht alles gleichermassen beliebt, also gibt es welche, die je nachdem von gar niemandem herausgepickt und schnabuliert werden. Die Ladenhüter des Dessertbuffets, sozusagen.

Nun wird unser Beispiel etwas abstrakt, denn es passiert an diesem Tag etwas Seltsames: Die normalerweise beliebten Guetzli schmecken unseren Gästen überhaupt nicht, sie rümpfen die Nase, gucken leicht verdutzt und fühlen sich in ihrer Erwartung betrogen, ein bisschen, sind unzufrieden. Aus Höflichkeit wird geschwiegen, natürlich, doch was passiert? – Sie haben es erraten: Unsere Gäste kosten von den vermeintlich unbeliebten Keksen, die erfahrungsgemäss nicht gut schmecken, die sie normalerweise im Tellerchen rechts liegen lassen. Im Land des schlechten Gebäcks ist die Bärentatze König. Not gegen Elend.

Wenn wir uns all das vorstellen, ganz fest, vor unserem imaginären Auge, in diesem Gedankenexperiment, dürften wir uns dann wundern oder uns gar darüber beschweren, dass sich unsere Gäste für die vermeintlich unbeliebten Kekse entscheiden, die sie sonst nie gewählt hätten? – Hmmm, mal den Confiseur fragen.

2024

Die eiserne Regel

Wenn der Schiedsrichter pfeift, dann gibt es einen Strafstoss. Wenn er nicht pfeift, dann nicht. Als Kompensation pfeifen die Zuschauer. So einfach ist das.

Wird zum Beispiel ein Stürmer im Torraum vom gegnerischen Verteidiger in den Rücken gestossen, so gibt das Strafstoss: Der Stürmer darf seinen Gegner zur Strafe mit dem Ellenbogen in die Rippen stossen, kraftvoll. Die Zuschauer dreschen auf sich ein, aus Solidarität. Das nennt man Penalty. Früher wurde bei einem Penalty der Ball aus einer Distanz von elf Metern auf das Tor geschossen. Häufig daneben.

Das hat sich nicht bewährt. Die Idee mit dem Ball ist sowieso veraltet: Heute geht es um Geld, Politik und um randalierende Einzeller. Das Einzige, was sich in all den Jahren des Fussballs nicht verändert hat, ist die eiserne Regel: Wenn der Schiedsrichter pfeift, dann gibt es Strafstoss. Basta.

2012

Vom Umtrunk zum Apéro

Zwar haben uns die Deutschen in den Vierzigern nicht überfallen, zum Guten Glück, dafür aber – im übertragenen Sinne – in den letzten zwanzig Jahren: Immer mehr Alemannen migrieren zu uns, Schritt für Schritt, in die Schweiz. In Helvetien sind die Löhne höher, die Bahn pünktlicher, die Brücken stabiler. Das Bier schmeckt ebenfalls besser (was selbstverständlich vehement bestritten wird). Und ja, es ist eine Frechheit, eine ungemeine, im Jahre 2024 einen Text auf diese Art und Weise zu beginnen, Sie haben recht.

Gerade für Menschen, die der Migration kritisch gegenüberstehen, sind die Deutschen ein Graus. Das oftmals gehörte Argument, für eine erfolgreiche Integration müsse man mindestens eine Landessprache beherrschen, löst sich in Berliner Luft auf, – schlimmer noch: Diese Leute sprechen besseres Deutsch als wir Alpenländler, geschliffener, machen bei Präsentationen im Büro einen rhetorischen Salto Mortadella (oder: Mettwurst meinetwegen) und … – ja, handkehrum tönt unsere Ausdrucksweise etwas handgelismet, zugegeben, das schleckt keine Geiss weg.

Zürich ist der Brückenkopf, sozusagen, um die dumme Analogie mit dem Krieg nochmals zu bemühen. Von Zürich aus infiltrieren sie unser Land, sagen Dinge wie «alles so langsam hier, in der Schweiz», gehen zum «Umtrunk» anstatt zum «Apéro» und importieren ihre Gepflogenheiten gleich mit dazu: Schultüten zum Schulbeginn, Oktoberfest, Lidl, Bayern München Trikots (ganz schlimm!) und … – wie bitte, Sie kennen auch Deutsche, die hier leben und ganz nett sind? – Ja, sicher, ich ebenfalls, sie sind freundlich, klar, geben sich Mühe und sind im Grunde wie wir. Also, genau genommen gibt es kaum Unterschiede. Aber nur nichts schönreden, es sind halt immer noch Deutsche, verdammt nochmal!

2024

Das Wort zum Abstimmtag

Das Volk ist dumm: Es braucht Brot und Spiele und ab und an eine Abstimmung. Und einen Fernseher. Jeder Bürger hat eine Stimme. Und einen Fernseher. Nach der Abstimmung gibt es Gewinner und Verlierer, die sich nach immer demselben Strickmuster wortgewandt an die Nation wenden. Das ist grosses Kino.

Das Lager der Gewinner lobt die enorme Weitsichtigkeit und immense Intelligenz der Stimmbürgerinnen und Stimmbürger. Es spricht von bewährter Demokratie, Mehrheit, Volkswille und verteilt ein paar Seitenhiebe an die Gegner, die es glücklicherweise nicht geschafft haben, mit ihren zahlreichen Halb- und Unwahrheiten die Mehrheit zu einer falschen Entscheidung zu verleiten, diese Schlangen! Diese Versager!

Nicht minder eloquent die Verliererseite: Sie versucht, in geschickt formulierten Sätzen dem Volk mitzuteilen, dass es dumm ist und sich von der Propaganda der Gegenseite im Vorfeld total in die Irre hat führen lassen. Wie kann man nur! Natürlich sind die Worte so gewählt, dass nur die Minderheit – die ja nicht dumm ist – versteht, dass sich die grosse Mehrheit der Einwohner von Einzellern kaum unterscheidet und das absolut Falsche in die Urne geworfen hat.

Das Wort Abstimmung kommt übrigens von «Ab und zu stimmen», weshalb es ein Ding der Unmöglichkeit ist, dass das Resultat in jedem Falle zum Wohle der Nation herauskommt. Mit anderen Worten: Die Schweiz ist schon in Ordnung, nur die Bewohner stören. – Also, genau gesagt derjenige Teil, der ständig einen derartigen Blödsinn in die Urne wirft. Die Mehrheit eben. Denn, wie eingangs gesagt: Das Volk ist dumm.

2012

Über Laub und Hass

Höchste Zeit, eine Lanze zu brechen: Die allermeisten Menschen, die Laubbläser benutzen, wissen selber haargenau, dass diese Tätigkeit im Grunde total bescheuert ist. Fundierte Behauptung. Diejenigen Arbeiter zumindest, die wir durch die kleinen Schlitze der Rollläden sehen, nachdem uns ihr 2000 PS-starkes Gerat morgens um sechs Uhr aus den süssen Träumen gerissen hat, sind meist Angestellte einer Hauswartungs-Firma, Fässiliti Mänätschment, die nicht einfach so aus Langeweile trockene Blätter in der Gegend herum jagen, von A nach B. Es ist ihr Job. Muss man wissen.

Wichtig erscheint in diesem Kontext die Unterscheidung zwischen Laubbläser und -sauger, deren Bezeichnungen selbstredend sind, wobei über den Ersteren ein kleiner Exkurs erlaubt sei: In Mexico City wollten die Behörden einst mit riesigen Ventilatoren das Smog-Problem lösen, indem man die Giftwolken einfach woanders hin geventilatiert hätte … da sind Sauger rein imagemässig klar im Vorteil, psychologisch gesehen: Der Abfall – ja, Blätter sind schliesslich abgefallen – wird entsorgt, vielleicht kompostiert, und nicht einfach ein paar Meter weiter nach vorne … – ja, genau, der Sauger ist das Lastenvelo im Strassenverkehr, sozusagen, moralisch im Vorteil. Bläser sind – gemeinsam mit superbösen, gasbetriebenen Heizpilzen – eine Ausgeburt der Hölle.

Über die Motorisierung haben wir noch gar nicht gesprochen, da steht von Elektrogeräten mit Netzkabel oder Akku bis zu Nuklearbetriebenen Monstern alles im Regal. Es ist ein Beweis für überdurchschnittlich ausgeprägte Männlichkeit, ein möglichst starkes Gerät zu verwenden. Der Laubbläser ist der Raketenwerfer des kleinen Mannes. Und doch, um auf die Botschaft am Anfang dieses Textes zurückzukommen: Die allermeisten Menschen wissen zu gut, dass ihr Tun vollkommen bescheuert ist. Ich wünsche Ihnen einen schönen, laubfreien Herbst.

2024

Die Welt ist schlecht

Die Autowerbung ist auffällig autofrei. Tatsächlich fährt da meistens nur das beworbene Vehikel durch die Gegend. Sonst sind höchstens schöne Landschaften zu sehen – oder allenfalls schöne Frauen, die ganz ausser sich sind vor Glück, dass sie dem Fahrer dieses tollen Autos zuwinken dürfen. Manchmal meistert das Alpha-Tier im Werbespot mit seinem Wagen schlimme Gefahren, um dem Zuschauer zu illustrieren, dass dieses Auto sozusagen unbesiegbar macht.

Ja, wir leben in einer bösen Welt. Brauste der Sportwagen eben noch einsam der Sonne entgegen, so stehen wir mit eben diesem Auto inmitten einer riesigen Blechlawine, in der Realität. Das angepriesene ESP ist nutzlos, weil die wenigsten Autos bei einer Geschwindigkeit von 10 Km/h ins Schleudern geraten. Das Kürzel ESP steht in diesem Kontext übrigens für «Elektronisches Stabilitätsprogramm» und nicht etwa für das Land Spanien (das nicht eben für Stabilität verschrien ist).

In Wirklichkeit scheissen immer Tauben auf das Autodach. Immer. Das scheint eine Art Berufung zu sein dieser Vögel: Fressen, Schlafen und die Verzierung von Autos. In der Werbung spiegelt sich das Paradies auf dem Lack. Kein Schiss, kein Staubkorn weit und breit. Auch SUV, mit denen man bekanntlich unwegsames Gelände meistern kann, sind blitzblank. Sie fahren nur durch sauberes Gelände. Wenn übrigens im Winter ein Streuwagen unterwegs ist, dann fährt dieser mit an Sicherheit grenzender Wahrscheinlichkeit direkt vor mir und beglückt den Motorraum mit einer gepfefferten Ladung Salz.

Kommen wir zum Fazit: A) die Autowerbung ist böse und B) die Welt auch. Das ist sehr, sehr verwerflich. Doch die jungen Frauen sehen toll aus.

2018

Alles flach?

Eine neue Supernova zieht über das weite Reich der Gastronomie: Immer mehr Cafés und Bars tragen stolz den «Flat White» in ihrer Karte, und nicht nur verzweifelte Hipster bestellen ihn, nicht nur trendy Studierende, nein, inzwischen auch … – ach, was sage ich: Wir alle begehren das Warmgetränk.

Doch was ist das eigentlich, ein Flat White? Die Erklärung ist ziemlich unspektakulär, denn – jetzt müssen wir stark sein – der Trunk ist nichts anderes als ein Cappuccino, bei dem die zugegebene Milch nicht so stark geschäumt wurde, ergo die Schaumschicht dünn bleibt. Weniger Bläschen halt. An schönen Orten verziert die Barista – oh ja, «Barista» gilt sowohl als männliche als auch als weibliche Form – die Oberfläche mit irgendeinem Muster, vielleicht einer Art Herz oder Baumkrone, was weiss ich. Das nennt sich «Latte Art». Das Auge trinkt mit.

Kurzum: Der Flat White ist – das dürfen wir getrost behaupten – geschmacklich kaum von einem hundsnormalen, von Langweilern bestellten Cappuccino zu unterscheiden, klingt allerdings tausendmal cooler, sich in einer angesagten Bar einen zu bestellen. Das ist so ähnlich wie mit dem Latte Macchiato, der – auch hier bitte keine falschen Hoffnungen – bloss aus aufgeschäumter Milch mit einem reingeknallten Espresso besteht, dafür im Glas daherkommt und doppelt so teuer ist wie ein Milchkaffee.

Die Erfindung wurde übrigens bereits in den Achtzigern in Australien gemacht, also am anderen Ende der Welt – es sei denn, die Erde wäre flach – doch bereichert leider erst seit ein paar Jahren unser aller Leben. Und: Seit einiger Zeit gibt es bei manchen Anbietern dieser Kapsel-Kaffeemaschinen – Sie wissen schon, bei denen niemand den Kilopreis des Kaffees ausrechnen sollte – den Flat White auch gekapselt zu kaufen. Was will unser Gaumen mehr? Ich wünsche Ihnen einen entspannten, sorgen-freien Kaffeegenuss, – egal ob mit oder ohne Bläschen.

2024

Denken Sie gross

Irgendwann, in unseren Träumen, in den Luftschlös-sern unserer Imagination, wird der gesamte Planet Erde eine einzige, gigantisch grosse 30er-Zone sein. Vom Auto über das E-Bike bis zum vermeintlichen Rennboot, einfach alles wird sich mit maximal dreissig Kilometern pro Stunde fortbewegen. Düsenjets werden zu Zeppeli-nen umgerüstet und Geparde zu Steaks verarbeitet, Lokomotiven plombiert und Usain Bolt werden die Schnürsenkel zusammengebunden. Denn dreissig ist das neue Super.

Wer mit dreissig km/h unterwegs ist, verursacht weniger Lärm, gefährdet sich und andere Lebewesen viel weniger stark als mit höherem Tempo und hat mehr vom Weg, sieht mehr Dinge, erlebt die Umwelt intensiver. Wir können doch nicht ständig von «Achtsamkeit» und

«Burn-out-Prävention» labern und gleichzeitig einem komplett gegensätzlichen Lebensstil frönen. Es ist dumm. Der Umwelt ist das ebenfalls viel lieber, wenn sich nicht alles so furchtbar schnell fortbewegt. Vögel zum Beispiel reagieren total irritiert, wenn sie in eine Flugzeugturbine fliegen. Entschleunigung.

Darum Fuss vom Gas, Sohle weg von den Velopedalen, einfach einmal Feuer aus dem hektischen Alltag nehmen, Druck aus dem System. Mobilität neu erfinden. Ein fitter Fussgänger schafft an die fünf Kilometer pro Stunde und steht niemals im Stau (wobei, warten Sie: Eine Warteschlange ist ja im Grunde ein Fussgänger-Stau, aber darüber vielleicht ein anderes Mal). Also aufgepasst, dies will als eine Art Appell verstanden sein: Arbeiten wir gemeinsam am neuen Ideal «Tempo 30 für alle und alles», denn – selbst wenn das absurd klingen mag – alle grossen Dinge haben irgendwann mit einer Idee angefangen. – Auch grosse Träume. Gehen Sie von nun an zu Fuss. Ich zähle auf Sie. – Und morgen bauen wir eine Stadt aus Gummibärchen (also, nicht missverstehen, aus veganen Gummibärchen natürlich, ohne Gelatine).

2024

Wo ein Wille ist, ist auch ein Walter

Die Szene mit dem Kopfschuss – Entschuldigung: mit dem Apfelschuss natürlich – ist bis heute die grösste Herausforderung für die Theatermacher. Wie soll der Pfeil in die Frucht kommen, ohne dass A) jemand verletzt wird, B) jemand stirbt oder C) das Publikum enttäuscht wird.

Bei Eintreffen eines der ersten zwei Punkte muss der dritte wohlgemerkt nicht zwingend...– gut, lassen wir das. Früher, also ganz früher, kurz nach der Erfindung von Tell waren die Eidgenössischen Gesetze noch nicht so streng, weshalb die Theaterleute hinter der Bühne ein paar Ersatzwalterli stehen hatten. Ein pragmatischer Ansatz. Früher war halt alles besser.

Zurück in die Gegenwart. Wie also soll die Schlüsselszene gespielt werden? Soll Walter durch eine lebensgrosse Stoffpuppe ersetzt werden? Das würde das kritische Publikum bestimmt merken. Und es wäre kein Garant dafür, dass der Tell dem Dummy-Walter keinen Lumpendurchschuss beschert. Soll die Armbrust irgendwie fixiert werden, vielleicht auf einem Stativ, damit der Pfeil sein Ziel wirklich trifft?

Die Methode war genau so lange erfolgreich, bis der Walter-Darsteller mit einer Magen-Darm-Grippe zu Hause bleiben musste. Sein Ersatz war zwanzig Zentimeter grösser und die Abendvorstellung ein Flop. Nein, die Wirklichkeit ist natürlich anders: Bei der Schlüsselszene wird das Publikum abgelenkt, während der Apfel auf Walterlis Kopf einfach mit einem fachmännisch bepfeilten (das heisst so) Apfel ausgetauscht wird. Ganz simpel. Als

Ablenkung ruft jemand in den hintersten Sitzreihen «Feuer, Feuer» oder ein Mann mit Koffer schreit irgendetwas auf Arabisch. Das funktioniert.

Jedenfalls ist am Ende der Vorstellung die Volksgruppe mit Migrationshintergrund (Habsburger) geschlagen und das Publikum glücklich und zufrieden.

Danke, Walter.

2009

Viva Utopia

Wenn es keine Parkplätze mehr gibt, in der Stadt, dann gibt es keine Autos mehr. Aus die Maus. Ist doch logisch. Sobald es keine Autos mehr gibt, brauchen wir auch keine Strassen mehr, die – genauso wie die Parkplätze – viel zu viel Platz benötigen, – Platz, den die Menschen anderweitig nutzen könnten. Bäume, Parkanlagen, Sitzbänke, Bäume in Parkanlagen, die Ideen sind vielfältig.

Sind die Strassen erstmal weggespitzt, mit diesen Presslufthämmern, dann brauchen die ganzen Lieferwagen und Lastwagen auch gar nicht mehr durchzufahren. Können die ja gar nicht. Vielen SUV-Fahrerinnen und -Fahrer wird zum ersten Mal in ihrem Leben klar, vermutlich, warum sie ein geländegängiges Auto fahren: Man kann über weggepresslufthämmertes Asphalt fahren. Holpert zwar, geht aber, – natürlich nur, bis der Platz umgenutzt ist, in Parks herrscht Fahrverbot.

In der Konsequenz kriegen die Serviceangestellten frei: Sie werden ja nicht mehr mit Getränken, Wurst und

Sellerie beliefert, ohne Strassen, also ab ins Freibad. Für die Läden gilt dasselbe, Kleider, Schuhe, Dampfkochtöpfe werden nicht mehr angeliefert, wo in schlechten Zeiten die Strassen waren, stehen ja heute Flieder, Hortensien und gemeine Wacholder. Natürlich könnte der Staat Restaurants und Verkaufsläden subventionieren, damit sie auch ohne Waren überleben. Uns wird schon etwas einfallen (man könnte ja die Mehrwertsteuer erhöhen).

Die Stadt der Zukunft besteht ergo ausschliesslich aus Wohnhäusern, in denen Menschen leben, die sich von einer Armada aus Fahrradkurieren von Irgendwoher – verlieren wir uns nicht in Details, bitte! – ihr Essen liefern lassen. Mit Mountain Bikes natürlich, Strassen sind ja weg. Ganz ehrlich, beim Lesen dieser Zeilen müssen wir eingestehen, neidlos: Das ist schon eine geile Idee, oder? – Keine Parkplätze, keine Autos, keine Strassen, keine Abgase, nur noch fröhliche Menschen, einfach toll. Also, worauf warten wir noch, packen wir es an!

2024

Nicht hier

So so. Hier soll es also eine Zweiklassengesellschaft geben. Hier, in der Schweiz. Das geht doch nicht. Und selbst
wenn das stimmen würde: Die Zweiklassengesellschaft
passt nämlich nur jenen nicht in den Kram, die in der
zweiten Klasse sind. Genau.

Ganz schlaue Experten von überall analysieren, klassi-
fizieren, rechnen und sagen allen, die es hören wollen,
die Schere zwischen Arm und Reich klaffe immer weiter
auseinander. Achten Sie sich einmal darauf. Offenbar ist
dies der absolut wichtigste Satz, den jeder Akademiker
unter Extrembedingungen – vielleicht während einer
Themenwoche bei Minus zwanzig Grad auf dem
verschneiten Gotthardpass – ein paar tausend Mal aus-
wendig aufschreiben muss. Ohne Handschuhe. In etwa
so wie das Auslösen des Schleudersitzes von Kampfpilo-
ten trainiert wird.

Die Schere? – Um Gottes Willen, die Schere! Wie wir
alle wissen gleicht die Grafik – die den Unterschied
zwischen Arm und Reich darstellen soll – einer Schere.
Der Begriff stammt also aus der Statistik und ist daher
mit grosser Vorsicht zu geniessen. Wir alle hüten uns
davor, zu sagen, dies sei vollkommener Schwachsinn.

Der Bund könnte sicherlich eine Studie in Auftrag
geben, die das Gegenteil beweist, was in einer Statistik
dargestellt würde, die – sagen wir – einem Tacker gleicht.
Oder einer Büroklammer.

Dann würde es heissen, zum Beispiel auf dem Gotthardpass: Die Büroklammer zwischen Arm und Reich … – Na
ja, so ähnlich halt. Statistiken soll man nie trauen. Schon

gar nicht, wenn sie aussehen wie irgendwelchen Gegenstände.

Oder trauen Sie etwa der Gaussschen Glocke? – Na also. Keine Ahnung, ob man damit die Zweiklassengesellschaft ebenfalls illustrieren könnte. Wobei, wie gesagt, im Ernst, hier gibt es keine Zweiklassengesellschaft. Hier nicht, in der Schweiz. Nicht hier.

2010

Oh, lehre mich

Der Yogalehrer ist eine Art Gottheit, fast gleichzusetzen mit einem Ski- oder Tennislehrer. Wir hören auf ihn, respektieren ihn und verinnerlichen seine Lebenseinstellung. Der Pfarrer des Studios. Sagt der Lehrer «Elena, mach uns den Kranich vor, aber nur auf Daumen und Zeigefinger», so lächelt Elena verlegen, ist geehrt, dass Amal gerade sie aufgerufen hat, und tut wie es ihr geheissen. Der Zeitgeist will es so.

Im Yogaraum werden gestresste, leicht aggressive Menschen zu Schmusekätzchen, für eine Stunde nur, um sich anschliessend wieder dem gehetzten Alltag hinzugeben, um sich im Pausenraum des Büros sagen zu hören, dass ihnen Yoga ja sooo guttut, unglaublich gut, dass sie dank Yoga ein vollkommen anderer Mensch geworden sind. Einfach «awesome». Auch dies wissen Yogalehrer. Sie kennen die Lebensumstände ihrer Schäfchen, und sie lächeln ruhig.

Der Yogalehrer ist allwissend, sozusagen, und allkönnend. Er kann die Position wechseln, ohne sich zu bewegen, kann mit einem Zucken im Gesicht Instruktionen erteilen und schwitzt nur dann, wenn er es will. Und er duftet nach innerer Ruhe. Schon nur dies alleine ist ein guter Grund, liebe Leserin, lieber Leser, mit Yoga anzufangen, am besten heute noch, denn wo sonst sollte unsereins solche Menschen kennen lernen?

2021

Sich selbst sein

Sie müssen natürlich authentisch auftreten, als Bundesrat. Der Zeitgeist will es so, alle und alles muss authentisch wirken, das ist eines der Hauptkriterien: Einfach so sein, wie man eben ist. Klingt simpel.

Wenn jemand – nur als Beispiel – in der Vergangenheit mittelmässige Politik betrieben hat und dann in den Bundesrat gewählt wird – ja, ich weiss, dieses Gedankenexperiment ist total unrealistisch – dann wäre es schlicht nicht authentisch, wenn er oder sie im neuen Amt plötzlich vernünftige Sachpolitik betreiben würde. Da muss man einfach stark bleiben. Für echte Persönlichkeiten ein Kinderspiel. – Genau das ist ein weiteres, wichtiges Kriterium für einen Bundesrat: Eine Persönlichkeit sein. Sonnenklar. Soll mir ja niemand angetanzt kommen und in das Gremium gewählt werden, verdammt nochmal, der oder die keine Persönlichkeit ist. Das würde nie und nimmer den Volkswillen widerspiegeln.

Horrorszenario ist wohl, es würde eine Person das Rennen machen, die keine echte Persönlichkeit im oben beschriebenen Sinne ist, sich gleichzeitig jedoch dermassen unauthentisch verhält, dass es für uns alle den Anschein erweckt, sie wäre die absolute Bundesrats-Rakete. Ein politisches Genie. – Ach ja, bevor es vergessen geht: Politisches Gespür sollte der Kandidat natürlich auch mitbringen, wobei ab und an suspekt ist, was das genau sein soll. Es führt zu Diskussionen. Einigen wir uns doch darauf, um den Kreis hier zu schliessen, als Kompromiss, dass der Bundesrat authentisch wirken soll.

2023

Es ist ein Kreuz

Das Symbol für das Türkische Rote Kreuz ist ein roter Halbmond. Der Grund liegt nicht darin, dass deren Mitarbeiter hauptsächlich nachts arbeiten würden, nein, es liegt ganz einfach daran, dass der rote Halbmond so schön der gelben Sichel der sowjetischen Flagge ähnelt. Hätte man den roten Halbmond jedoch gelb gemacht, dann wäre das der Hammer gewesen, aus politischer Sicht.

Das Symbol des Roten Kreuzes westlicher Länder ist ein rotes Kreuz, worüber sich ungezogene Heckenschützen in Krisengebieten ständig lustig machen, weil sich ein rotes Kreuz in einem Fadenkreuz wunderschön anvisieren lässt. Es sei Ehrensache, nicht auf Fahrzeuge des Roten Kreuzes zu schiessen, sagen viele Menschen, die es wissen müssen, zum Beispiel Mitarbeiter des Roten Halbmondes, in Friedenszeiten. Auch auf Panzer nicht.

Gerüchten zu Folge wollte das Türkische Rote Kreuz ursprünglich keinen roten Halbmond, sondern einen roten Vollmond auf weissem Grund als Symbol wählen. Japan wehrte sich dagegen. Was bleibt ist ein

Widerspruch, weil das Pendant zum Halbmond ein ganzes Kreuz ist.

So, genug für heute. Das nächste Mal behandeln wir die Frage, warum das weisse Schweizer Kreuz kein roter Halbmond ist. Auf Wiedersehen.

2010

Ravioli zum Glück

In ein gutes Zuhause gehört mindestens eine Dose Ravioli. Eine dieser Grossen, wissen Sie, die für ein paar Tage ausreichen, und herkömmlichen Dosenöffnern standhalten (Schnittwunden gut auswaschen und desinfizieren). Ravioli sind ein Grundpfeiler der Schweizer Küche, sozusagen, obwohl der Name ja einen italienischen Ursprung vermuten lässt. Darum heisst es im Singular auch «Raviolo», natürlich, wie auch zum Beispiel «Broccolo».

Die weitsichtigen – und im Übrigen auch sehr solidarischen – Menschen, die sich in jüngster Zeit mit Pasta und Toilettenpapier eingedeckt haben, lagern bereits seit Monaten Dosenravioli im Keller. Bestimmt. Aus gutem Grund. Im Krisenfall – den wir ja nun endlich, endlich haben – lassen sich Ravioli auch mühelos in einem Wasserkocher zubereiten (bitte Kocher anschliessend in einem Fass einbetoniert vergraben). Oder aber Sie stellen die Dose direkt auf einen Gaskocher. Wenn es knallt, sind sie gar.

Obwohl Dosenravioli sehr, sehr populär sind, werden sie ausschliesslich mit Tomatensauce angeboten. Es ist erstaunlich, eine Art Ravioliparadoxon. Im Krisenfall reagieren die Geschmacksnerven offenbar überproportional positiv auf Tomaten. Das ist so ähnlich wie bei Flugreisen, bei denen jeweils Tomatensaft angeboten wird, den am Boden einfach niemand trinkt. Airlines sind ja auch in der Krise.

Bevor wir jetzt abschweifen, lassen Sie uns zum gut sortierten Zuhause zurückkehren: Wie gesagt mindestens eine Dose Ravioli, ein paar Liter Mineralwasser (Tipp: Fidji) und zwei, drei Rollen Toilettenpapier müssten es schon sein. Und ein paar Ausgaben des «Nebelspalter», natürlich. – Und Bier, damit Sie Texte wie diesen hier ertragen können. Auf Wiederlesen.

2020

Viva España

Treffen sich zwei Hausfrauen auf dem Heimweg vom Einkaufen:

Frau Weiss: Haben sie gesehen, die Tomaten sind im Sonderangebot!

Frau Schwarz: Ja, ich weiss, sehr günstig, aber das ist Importware aus Spanien. Ich kaufe wo immer möglich Schweizer Gemüse.

W: Uh, Schweizer Produkte sind mir zu teuer, wir haben sozusagen Multikulti im Kühlschrank *(lacht)*.

S: Qualität hat eben ihren Preis, Frau Weiss, die Qualität ist mir das Geld wert.

W: Ich weiss nicht … Sind Äpfel aus dem Thurgau besser als Birnen aus Italien?

S: Das kann man doch nicht vergleichen. Mir ist eben wichtig, dass mein Essen in der Schweiz wächst, in unserem Land Arbeitsplätze gesichert werden. Unser Geld soll in Schweizer Lohntüten wandern.

W: Der Freund meiner Cousine geht jeweils Spargeln stechen…

S: … Genau! – Verstehen Sie, was ich meine? Wir müssen doch die Unsrigen unterstützen.

W: Er ist Pole.

S: Ach ja? Da muss ich ihnen, Frau Weiss, schon sagen, dass ich das gar nicht gut finde. Nichts gegen den Freund ihrer Cousine, Frau Weiss, sicher nicht, aber die billigen Gastarbeiter nehmen uns Schweizern die Arbeitsplätze …

W: … ich kenne auch den Bauern, also, seinen Chef: Er findet keine Schweizer.

S: Ach, das glauben Sie selber nicht, bei so vielen Langzeit-Arbeitslosen! Tut mir leid, ich kann nicht weiter mit Ihnen plaudern, muss los. Koffer packen.

W: Ferien?

S: Ja, nach Costa Brava, freue mich, auf Wiedersehen

2011

In Vino Veritas

Irgendwie fühlte sich Klaus-Theodor betrogen: Die verschiedenen Stände an der Weinmesse waren so geschickt angeordnet, dass der Wein an jedem Stand noch besser schmeckte als am Vorangehenden. Und mit jeder Bestellung wurden die Namen der Sorten komplizierter, sodass Klaus-Theodor zuweilen Mühe hatte mit der korrekten Aussprache. Doch die Verkäufer waren alle sehr, sehr freundlich. Sie halfen gerne.

Dennoch fühlte er sich als Opfer einer perfekt organisierten Verkaufsmaschinerie, der man nur schlecht widerstehen konnte. Es war ähnlich wie bei diesen Ständen an der Mustermesse, jene mit den Pfannen, mit denen jedes Menü blindlings gelingt: Angeblich versehen mit einer hyper-kratzfesten Plutoniumbeschichtung würden gemäss Verkäuferin nicht einmal Pech und Schwefel haften bleiben. In der heimischen Küche jedoch schien es Klaus-Theodor, das eben gebratene Steak sei an die Pfanne angewachsen. Es war alles Betrug, dachte er sich, und rief den Pizzaservice. Alles ein Beschiss.

Für die Neuanschaffung eines Kleinwagens besuchte Klaus-Theodor schliesslich an den Autosalon, eine wundersame Ausstellung. Nach dem Besuch aller Stände war zwar kein passendes Auto gefunden, nein, Klaus-Theodor sah sich jedoch mit einem bemerkenswerten Testosteronschub konfrontiert ob all der jungen

Frauen, die vor den Modellen posierten. Er bestellte sich schlussendlich einen … einen – na, die Marke wusste er nicht mehr, doch an den Namen der Hostess konnte er sich erinnern. Sie hiess Nadja.

Und als ein paar Wochen später sein Auto nach Hause geliefert wurde, da glänzte der Lack nicht mehr so schön im Scheinwerferlicht. Das Gefährt drehte sich auch nicht im Kreis, denn er hatte keinen solchen runden Podest in der Garage, leider. Nadja war nicht mit dabei, sondern ein Angestellter der Werkstatt mit einem Schnurrbart und in einem blauen Overall. Klaus-Theodor fühlte sich wieder betrogen, ein bisschen, und dachte sich, wenn, na wenn er schon betrogen würde, dann mit Stil. Und Klaus-Theodor machte sich auf den Weg zur nächsten Weinmesse.

2011

Neu: Sinnfreiheit

Es soll Leute geben, die sagen, es habe alles einen Sinn. Alles, jedes Unterfangen, jeder Atemzug, jede Geburt und jeder Todesfall ergebe Sinn. Selbst wenn Ihnen, liebe Leserin, lieber Leser, soeben der Keks in den Kaffee gefallen ist: Sinn. Auch dass sich die Frischhaltefolie niemals abreissen lässt ohne zu verkleben. Oder der Kauf eines Tarnkappen-Kampfjets, irgendwie, aber darüber vielleicht ein anderes Mal.

Aus dieser Sicht ist es nahezu unverständlich, dass wir unser Scheitern beklagen, dass wir überhaupt von Scheitern sprechen. Hätte unser Tun sein sollen, so wäre es geglückt. Und wir ärgern uns darüber, sprechen gar von Versagen. Es ist fatal.

Ein paar Beispiele? – Das Regime aus Syrien hat nicht versagt, es war einfach nicht mit Erfolg gekrönt. Die Occupy-Bewegung ist nicht gescheitert, es ist einfach etwas kühl geworden um draussen zu campieren. Und der Versuch meiner Katze, die Strasse zu überqueren wäre eigentlich erfolgreich gewesen, aber das ist eine andere Geschichte (böse Zungen sprechen von Freitod).

Also, sprechen wir weniger von Scheitern, reden wir von Sinn. Und jetzt gehe ich Bier trinken.

2012

Hallo

Neulich bekam ich einen Phantomanruf. Sie kennen dieses Phänomen: Man guckt auf sein Mobiltelefon in der Meinung, jemand rufe an. – Obwohl es gar nicht klingelt. Vermutlich tun wir das aus Angst, etwas zu verpassen. Der Zeitgeist will es so.

Bei mir allerdings meldete sich tatsächlich eine Stimme. «Hallo!» sagte sie. Ich sagte auch «hallo» mit einem seltsamen Gefühl. Dann hörte ich die Stimme sagen «Heute habe ich ein Sandwich gegessen». Verblüfft fragte ich nach: «Kennen wir uns?» und die Stimme sagte «mit Salami, aber ohne Gurken» und «war lecker».

Immer noch irritiert erwiderte ich, dass man wohl falsch verbunden sei und nannte meine Telefonnummer. Die Stimme verneinte und sagte abermals: «Heute habe ich ein Sandwich gegessen!»

Gut, dachte ich. «Gefällt mir!» sagte ich laut und deutlich, während dem ich den Daumen in die Höhe streckte. Und legte auf. Es war ein sehr, sehr merkwürdiges Erlebnis. Aber was soll's, dachte ich mir. Hauptsache, ich hatte einen neuen Freund.

2012

Es ist weg

Stellen Sie sich vor, Sie besässen ein Auto, in Zürich, und da es bei der Liegenschaft, in der Sie wohnen keine Parkmöglichkeiten gibt, würden Sie Ihr Auto in der «Blauen Zone» parkieren: Man kauft eine Jahreskarte und stellt das Ding da ab, wo halt Platz ist, in der markierten Zone des entsprechenden Stadtkreises (übrigens gar nicht so einfach, weil in der Stadt Zürich pro Tag zirka die gleiche Fläche an Parkplätzen abgeschafft wird wie in Brasilien Regenwald abgeholzt).

Jedenfalls müssen Sie zu einem Termin, mit dem Auto, weil es – ich weiss, jetzt wird es bezüglich Abstraktionsvermögen etwas schwierig für städtische Öko-Hipster – weil es also Orte gibt, tatsächlich, auf diesem Planeten, die mit den öffentlichen Verkehrsmitteln nur sehr schwierig erreichbar sind. Doch: Ihr Auto ist weg. Nicht mehr da, verschwunden.

Was tun? – In solchen Fällen ruft man die 117 und klagt sein Leid. Frau Notruf teilt einem dann mit, dass der Erdboden das Automobil nicht verschluckt habe – was an sich eine frohe Botschaft wäre – nein, dass man das

Gefährt umgeparkt habe. Man habe offenbar den Platz gebraucht, vielleicht wegen Bauarbeiten, oder wegen irgendeines Anlasses, Demo für den Schwarzflossen-Käferkeimling oder so, was weiss ich. Dem Bürger wird sodann die Adresse mitgeteilt, wo sein Auto neu steht, nämlich ziemlich woanders. Im Quantencomputer der Polizei sind solche Dinge vermerkt.

Nun, das wäre eine schöne Geschichte, eine zum Schmunzeln, das Dumme daran ist nur: Sie ist wahr, persönlich erlebt, vor ein paar Tagen. Und der aufmerksame Leser, die aufmerksame Leserin mag sich fragen, ob ein Fahrzeughalter in solchen Fällen nicht informiert werden könnte, vielleicht. Ganz böse Zeitgenossen würden behaupten, dass das Nicht-Informieren Schikane sei, gar nicht so unerwünscht im rotgrün geprägten Zürich. Aber was soll's, im Grunde liegt der Fehler ja bei mir: Ich habe ein Auto.

2024

Scheissegal

Menschen ohne gute Manieren stören nur Menschen mit guten Manieren. Das ist ein eisernes Gesetz. Essen fünf Leute am Tisch, und einer Schmatzt und kleckert, die anderen vier jedoch nicht, dann ist das für höchstens vier Leute ein Ärgernis. Ihnen wurde immer gesagt, was man in der Öffentlichkeit tut, und was man sein lässt, und jetzt sitzt da einer, dem das alles Schnuppe ist. Mit dem TGV durch die Kinderstube.

Das Schlimme daran: Derjenige mit schlechter Erziehung weiss ja in der Regel gar nicht, dass er eine schlechte Erziehung genossen hat. Wie sollte er auch? Er merkt nur, dass sich – um beim obigen Beispiel zu bleiben – die anderen Vier je länger je mehr merkwürdig verhalten ihm gegenüber, sich gegenseitig vielsagende Blicke zuwerfen, wenn die Suppe einmal etwas spritzt, das Lammgigot beim Schneiden … na ja, man muss über den Tellerrand hinwegsehen, sagt doch der Volksmund.

Leute mit weniger guten Manieren leben also weitaus sorgloser. Niemals werden sie sich ärgern, wenn sie auf jemanden treffen, der ebenso schlechte Manieren hat – sie erkennen das ja nicht einmal. Das Prinzip ist simpel. Immer derjenige, der pünktlich erscheint, ärgert sich über denjenigen, der zu spät kommt. Sie sehen, wir sind nun bei der ganz grossen Philosophie angekommen.

So, das war's schon aus unserer Reihe «Manieren monieren». Das nächste Mal reden wir über Menschen, die das Toilettenpapier verkehrt herum in die Halterung einfügen. Das ist nämlich eine verdammte Sauerei (wobei: Mich persönlich stört das nicht). – Auf Wiederlesen!

2020

Amen

Wenn der Papst spricht, ist erstmal Ruhe im Karton. Alle lauschen. Erstens, um das Latein des Papstes zu übersetzen und zweitens, weil er immer sehr, sehr gute Dinge sagt. Weise Dinge. Erst wenn der Papst fertig gesprochen hat, bricht die Menschenmenge in grossen Jubel aus, um ein paar Minuten später in noch grösseren Jubel auszubrechen, weil die Zuhörer die Botschaft fertig übersetzt haben.

Die Menge lacht nie. Der Papst macht auch niemals einen Witz, nicht einmal über Randgruppen. Selbst über Ministranten nicht, denn die haben sowieso viel durchzustehen (manche können schon gar nicht mehr sitzen). Nicht ein klitzekleines Witzchen. Manchmal sieht es zwar drollig aus, wenn der Papst spricht – oder es zumindest versucht. Es gab einmal einen Papst, der war so alt, der wusste erst, was er sagen wollte, nachdem er sich sprechen gehört hatte. Aber niemand hat gelacht. Nicht einmal, als er gestorben ist.

Wenn der Papst sagt «wir brauchen mehr Frieden in der Welt», dann nicken alle Menschen und denken, dass er recht hat, der Papst. Es ist so: Wir brauchen mehr Frieden in der Welt. Alle sind sich einig, die Zeitungen schreiben, dass der Papst gesagt habe, es brauche mehr Frieden in der Welt. Und tatsächlich wird die Welt friedlicher. Das Christentum hat bereits so viel Gutes getan für diesen Planeten. Es hat schon Zeiten gegeben, da haben sich nur Menschen an Kriegen beteiligt, die nicht Christen waren (abgesehen von den Waffenlieferanten natürlich).

Der Papst kann auch Leute heiligsprechen, Menschen, die Gutes getan haben. Das ist eine grosse Ehre. Bis heute hat sich noch niemand geweigert, heiliggesprochen zu werden. Die meisten sind einfach liegen geblieben. Natürlich spricht der Papst nicht so häufig Menschen heilig. Das gäbe zu viel zu tun. Bestimmt gibt es eine Quote. – Aber das wissen wir nicht. Generell gibt es sehr viele Dinge, die wir nicht wissen. Genauso, wie es viele Dinge gibt, die der Papst nicht weiss. Oder nicht wissen will. Und genau so weit geht dieser Text, genau hier endet er. Friede sei mit Ihnen.

2013

Wer die Wahl hat …

Ein Glatzkopf bietet dem Protagonisten Neo eine rote Pille an, die diesen «in die tiefsten Tiefen des Kaninchenbaus» führen würde. So will es die Filmszene in «Matrix».

Nun, wer bietet uns, die wir – im Gegensatz zum Film – keine Pistolen-Kugeln-ausweichende und von Hochhaus zu Hochhaus springende Helden sind eine Wunderpille an? Der Nachrichtendienst «Telegram» etwa, der die Wahrheit kennt, angeblich, die ungeschminkte, oder russische Fernsehsender? Die «WOZ» oder die «Weltwoche»?

Schwierig zu sagen. Es drängt sich der Eindruck auf, dass wir den Überblick vollkommen verloren haben, ja, dass die geschimpfte Lügenpresse eine blaue Pille verkörpert und uns die rote Pille … – oder, warten Sie, die rote Pille, sind das nun im übertragenen Sinne – eben – die omnipräsenten alternativen Fakten?

Wir wissen es nicht. Was wir wissen: Zuviel Grübelei über dieses Thema kann durchaus Kopfschmerzen verursachen. Dagegen hilft ein Aspirin. – Also die weisse Pille.

2023

Namaste

Höchste Zeit, meine Herren, mit einem immer noch weit verbreiteten Klischee aufzuräumen: Es ist absoluter Humbug, dass im Yogakurs nur homosexuelle Männer in Leggings zu finden sind, wie in ungeschulten Kreisen oftmals portiert wird. Yoga ist ein Trend geworden, dem sich fast niemand widersetzen kann. Auch bisexuelle Männer machen Yoga, und manche Teilnehmer tragen eine ganz normale, herkömmliche Jogginghose.

Im Grunde ist der Mann im Yogakurs nicht nur ein Mann im Yogakurs. Er ist mehr. Auf seiner Stirn steht geschrieben: Ich bin offen für Neues, kontere die Sprüche meiner Bürokollegen, möchte meine Mitte finden und würde selbst einen Töpfer- oder Strickkurs nicht fürchten. Bei manchen steht auch geschrieben, dass sie gerne hübschen Frauen beim Yoga zugucken, klar. Ja, viele Männer haben eine hohe Stirn. Makramee-Kurse sollen übrigens auch ganz interessant sein.

Falls Sie Yoga machen, lieber Leser, und diesen Text aus Ärger über den oben dargelegten Blödsinn noch nicht zur Seite gelegt haben, dann sei Ihnen gesagt: Hut ab, wer den «herabschauenden Hund», die «Kobra» und den «unbarmherzigen Dudelsack» beherrscht, der kann auch ein Katzenbaby aus dem dreissigsten Stockwerk eines brennenden Hochhauses retten, der kann Frauen die Abseitsregel erklären, der kann … – so, ich höre auf, auf Wiederlesen, – oder besser: Namaste!

2021

Recht und Unordnung

Das schwierigste Rätsel haben wir Eidgenossen erfunden: Die schweizerische Gesetzgebung. Genau. Ursprünglich erschaffen, um dem Bürger das Leben zu vereinfachen, dient sie heute vornehmlich zur gemeinen Konfusion und Anregung der Fantasie all jener, die sie verstehen möchten. – Ein Rätsel mit nur einer möglichen Lösung ist doch langweilig!

Um die Gesetze zu verstehen, wurde das Jurastudium erfunden. Doch selbst die Studenten können den Grossteil des Rätsels während all ihrer Jahre an der Uni nicht lösen. Gönnen Sie sich, liebe Leserin, lieber Leser, einmal das Vergnügen und setzen Sie sich (nicht vor elf Uhr morgens) in ein Café neben der Uni: Jurastudenten erkennt man an ihrem ratlosen, leeren Blick. Etwas verzweifelt. Zuweilen wird auch gerne resigniert.

Wenn sich die Freunde des Denksports (Jargon: Anwälte) nicht einig sind, müssen die Gerichte das Rätsel lösen. Also, im eigentlichen Sinne behaupten die Richter, ihre Interpretation sei die Richtige. Lösungen kann man auch anfechten und sodann – von einem anderen Gericht – eine andere, vielleicht sogar schönere Lösung präsentiert bekommen. Das Prinzip ähnelt stark jenem einer Wundertüte, mit dem Unterschied, dass Wundertüten berechenbar sind.

Um das Rätsel interessant und die Knobelfreunde bei Laune zu halten, wird es von Bund und Kantonen immerzu erweitert und die Übersicht professionell erschwert. Wer also an der Uni schon keinen Schimmer hatte, kann sich mit Garantie darauf verlassen, es später als Anwalt auch nicht gebacken zu kriegen. Bei ganz schwierigen Passagen entscheidet am Ende das Bundesgericht – sozusagen die Rätselgötter – über die richtige Lösung. Und sei sie noch so falsch. Vollständig falsche Resultate können von einem Gericht in Strasbourg berichtigt werden. Oder richtige verfälscht, verschlimmbessert. Aber das ist eine andere Geschichte.

2013

Ist so, weil ist so

Vom Zehnmeter-Brett, wissen Sie, vom Zehnmeter-Brett sollte jeder Mensch mindestens einmal im Leben gesprungen sein. Gehört auf die Bucket List. Obligatorisch. Oder einen Marathon laufen natürlich, wenn Sie männlich, Mitte vierzig und ein bisschen orientierungslos – um nicht zu sagen: verwirrt – unterwegs sind. Tatsächlich gibt es Dinge, die in unseren Breitegraden jeder Mensch gemacht haben sollte. Fallschirmspringen. Es ist eine Stilfrage.

Genau hier trennt sich der Hund vom Weizen, oder liegt die Spreu begraben, meinetwegen: Viele Leute haben schon so vieles erreicht im Leben, Einfamilienhaus, Kinder, Golfklub, Urlaub in Dubai, Cocker Spaniel und Porsche Turbo mit verstellbarem Heckflügel. Doch diejenigen Punkte, die auf jeder Liste bereits vorgedruckt sind, von Amtes wegen sozusagen, haben sich noch nicht abgehakt. Ja, es gibt Menschen auf diesem Planeten, die besitzen zwei Autos und ein Motorrad, sind jedoch noch nie vom Zehnmeter-Brett gesprungen. Manche Wahrheiten sind traurig. Der Bund schaut weg.

Woher ich das alles weiss? – Na ja, steht alles in Männermagazinen. Und nun auch im Nebelspalter. – Nein, Spass beiseite: Auf meiner persönlichen Liste stehen unter anderem «allwissend werden» und «Zehnmeter-Brett». Beides abgehakt. Der einzige noch offene Punkt ist «Bescheidenheit», aber darüber vielleicht ein anderes Mal.

2021

Grillieren geht über studieren

Grillieren ist die beste Erfindung seit der Durchführung des Urknalls. Man könnte sogar so weit gehen und sagen, dass sich die Menschheit niemals so weit entwickelt hätte, wenn unsere Ahnen nicht Fleisch über Feuer gehalten hätten, – und damit sind nicht Hexenverbrennungen gemeint. Ein sich mit Pflanzen ernährender Mensch hätte sich zu einem Warmduscher mit Opfermentalität entwickelt und wäre mangels Aggressivität von wilden Tieren aufgefressen worden. Unbestätigte Statistiken beweisen übrigens, dass alle Zoowärter, die bis anhin von einem Löwen attackiert worden sind, Vegetarier waren. Item.

Heute denken die wenigsten Männer daran, wenn sie den Grill anwerfen. Lediglich die Natur weist uns darauf hin: Die Pupillen des Mannes weiten sich, der Bewegungsablauf wird nervöser, und ganz unüblich: Er denkt ein paar Minuten nicht an Autos, Fussball und Sex. Der Fokus liegt voll und ganz bei Feuer und Fleisch, bei Rost und Toast (stimmt nicht, aber reimt sich).

Dabei ist Grillieren ungefähr halb so gefährlich, wie das viele Menschen (vornehmlich Vegetarier) nicht selten behaupten. Fast neunzig Prozent der Männer, die sich bei einem Grillunfall verletzt haben, hätten sich nachweislich in einer herkömmlichen Küche viel schwerere Verletzungen zugezogen. Man denke nur an explodierende Dampfkochtöpfe und Fritteusen, an gequetschte Gliedmassen von der Backofentüre und zerfleischte Füsse vom Stabmixer. Oder an aufgeweichte Hände vom Spülen. – Sehr schmerzhaft! (Die Evolution hat diesen Gefahren Rechnung getragen: die meisten Männer können sich den Weg in die heimische Küche nicht merken).

Auch die Geschichten mit den krebserregenden Substanzen, die beim Grillieren angeblich entstehen sollen. – Humbug! In Wahrheit – und das hat man herausgefunden – erkranken nur jene Männer an Krebs, die sich beim Grillieren darüber Gedanken machen (siehe oben: Fokus auf Grill). Abgesehen davon ist ja heutzutage alles krebserregend, sogar die Kombination an Muskelbewegungen, die wir beim Aussprechen des Wortes «Krebs» benötigen.

Der Kontext an sich ist absurd. Die Tätigkeit, die den Menschen in der Evolution so weit gebracht hat, sollte ihn nun umbringen? – Wohl kaum. Also, ran an den Grill, Kohle anfeuern und loslegen. Guten Appetit!

2014

Farbenblind vor Wut

Farbenblinde Menschen können zum Beispiel rot nicht von grün unterscheiden. Stellen Sie sich das einmal vor. Es wird von Männern berichtet, die morgens ihre Ehefrau fragen müssen, welche Krawatte zum Hemd passt, um im Kleiderschrank nicht so sehr daneben zu greifen wie bei der Ehefrau. Aufgrund der Anzahl an Männern, die eine absolut fatal unpassende Krawatte tragen, können allerdings keine Rückschlüsse auf das Ausmass des Farbenblindheits-Problems in der Bevölkerung gezogen werden. So gravierend ist es nicht, glücklicherweise.

Betroffene sehen nicht rot. Sie sehen – will man Berichten Glauben schenken – die Farben grün und rot als eine Art Braun. Wir wollen niemandem zu nahe treten, aber dies ist nicht eine sonderlich grosse Einschränkung im Alltag. Tausende von Leuten können zum Beispiel die Geräusche ihrer Umgebung nicht hören, was weitaus schlimmer ist. Sie vernehmen ausschliesslich die Musik aus ihren Kopfhörern, sind mit freiwilliger Taubheit geschlagen, sozusagen.

Sogenannt Geräuschblinde hören nur, was sie hören wollen. Die restlichen Laute nehmen sie als Rauschen wahr. Farbenblinde Politiker denken schwarz-weiss. Wenn Sie an Geräusch- und Farbenblindheit leiden, stehen Ihre Chancen für eine politische Karriere nicht schlecht. Fragen Sie nach in Bundesbern, Sie werden staunen. Viele sehen braun. Grün ist die Farbe der Hoffnung. Sie stirbt zuletzt.

Zuweilen kann Farbenblindheit auch temporärer Natur sein. Es gibt Frauen, die kleiden sich immer sehr schick, farblich perfekt abgestimmt. Nur ein paar Tage pro Monat – und das ist kein Witz – kombinieren sie kaki mit lila, braun mit grün, frei nach dem Motto «schaut her, ich ziehe mich im Dunkeln an». Das soll nicht sexistisch sein. Nicht wenige Männer haben während des ganzen Jahres ihre Tage.

Man hätte diesen Text auch ganz farbig gestalten können, jeder Buchstabe in einer anderen Farbe, ganz lustig. Der Aufwand wäre enorm gross, und bei näherer Überlegung lohnt sich das nicht, denn Farbenblinde ... – ach, wissen Sie, schwarz und weiss ist ja auch ganz in Ordnung. So denke ich ja auch.

2015

Alle Tassen im Schrank?

Am Spengler Cup wird um den Puck gekämpft. Das ist eine schwarze Scheibe aus Hartplastik, die auch gerne den Weg in die Gesichter der Spieler findet, weshalb diese mitunter selbst von Laien leicht als Eishockey-Spieler identifiziert werden können. Das Lächeln des hartgesottenen Hockeyaners erinnert an ein Schachbrett.

Wobei das ja nur die halbe Wahrheit ist, das mit dem Puck. Eigentlich wird ja um den Cup gekämpft. Diejenige Mannschaft, die möglichst erfolgreich um den Puck gekämpft hat, erhält schlussendlich den Cup, ergo dürfte das Turnier genauso gut Spengler Puck heissen, was allerdings blöd klingt, zugegeben, und es würde suggerieren, dass die Gewinner feierlich einen Puck in die Höhe stemmen würden, bei der Rangverlesung. Aus einem Puck kann man schwerlich Schampus trinken.

Cup kommt übrigens aus dem Englischen und heisst Tasse. Modefreunde kennen den Begriff ebenfalls aus der Unterwäscheabteilung: Tasse 75A, Tasse 80B und so weiter. Und spätestens jetzt dürfen wir den Namen Spengler Cup guten Gewissens hinterfragen. Und überhaupt: Die Spieler tragen Schlittschuhe und gleichzeitig ist der Cup ein Wanderpreis. Da soll noch einer den Durchblick behalten.

2011

Die Drohne droht

Im äusserst lehrreichen und je länger je mehr realistisch anmutenden Kinofilm «Terminator 3 – Aufstand der Maschinen» wird eindrücklich illustriert, was uns Menschen passieren kann: Irgendwann läuft das alles aus dem Ruder (obwohl wir die Nautik-Freunde hier nicht allzu sehr bemühen wollen). Irgendwann hat das Google-Auto einen schlechten Tag und fährt spontan ein paar Passanten um, zum Spass. Denn – ganz ehrlich – wenn künstliche Intelligenz selbständig dazulernen kann, dann kann sie früher oder später auch Spass empfinden, oder? Wir laufen ins offene Messer.

Sie finden das lächerlich? Kürzlich hat sich mein mit modernster Technologie ausgerüstete Nasenhaar-Trimmgerät in exakt dem Zeitpunkt selbständig eingeschaltet, als es sich in unmittelbarer Nähe meiner Halsschlagader befand, was aus medizinischen Gesichtspunkten ganz, ganz schlimm hätte enden können. Der Kampf dauerte kurz und endete zu meinen Gunsten; Ich habe eine dicke Haut. Nasenhaare halten übrigens grosse

Staubpartikel davon ab, in die Atemwege zu gelangen, weshalb man die Art seiner Nasenfrisur mit Bedacht wählen sollte.

Von Rasenmäher-Robotern haben wir noch gar nicht gesprochen. Mit etwas Fantasie sehen sie aus wie platt gedrückte Blechschafe, und sie verhalten sich auch vollkommen unschuldig. In Augenblicken, in denen sie sich unbeobachtet fühlen, mähen sie allerdings Dinge, die sie nie und nimmer mähen sollten: Tischtennisbälle, weggeworfene Bierdosen, Blindschleichen und Blindgänger. Das ist die Wahrheit. Die Intimrasur wurde übrigens von einem Gärtner erfunden. Und immer mehr Gärtner sind Hacker.

Es gibt aber auch neue Maschinen, die wir ganz bewusst idiotische Dinge machen lassen. Wir können eine Drohne vollautomatisch ein paar Meter über uns fliegen lassen, wenn wir mit dem Mountain Bike (Bergrad) durch die Gegend radeln. Sie filmt unser dummes Gesicht, während wir mit dem Vorderrad in eine fahrlässig gewachsene Baumwurzel steuern und uns drei Mal überschlagen. – Eine Gaudi bei der nächsten Familienfeier! Slow Motion.

Diese Dinge werden uns irgendwann über den Kopf wachsen. Irgendwann werden Drohne und Rasenmäher-Roboter anfangen, miteinander zu kommunizieren. Sie werden mit der Mikrowelle, dem Smart Phone, der Strassenampel und dem Fernsehgerät («nein, unser Fernseher ist ein Verräter!») Kontakt aufnehmen und ganz, ganz schlimme Dinge aushecken. Nasenhaar-Trimmgeräte werden auch mithelfen, glauben Sie mir. Als hätte uns Arnold Schwarzenegger nicht gewarnt.

2016

Das ewige Leben

Man muss abstrahieren können. Im Endeffekt geht es ja darum, länger zu leben. Gesünder, besser. Darum ist es naheliegend, einen Blick über den Tellerrand zu wagen. Es gibt doch einen kleinen Ort in Italien, Camorra oder so (oder war es Acciaroli?), da liegt die Lebenserwartung weit über dem Durchschnitt. Ab und an steht davon in der Zeitung. Die Menschen dort werden etwa hundertfünfzig Jahre alt, im Schnitt. Warum denn?

Recherchiert man ein bisschen, dann wird schnell klar: Die Leute dort trinken keinen Schluck Alkohol, nein, sondern nur destilliertes Mai-Regenwasser aus handgefertigten Tonkrügen, das mit Vitaminen und Spurenelementen angereichert ist. Im Wein liegt nämlich gar nicht die Wahrheit, sondern die Dummheit. Und der Tod. Also: Hände weg von Alkohol!

Auch Lebensmittel mit Konservierungsmitteln sind tabu. Man isst dort keine Fertigpizzas (ja, liebe Adriatouristen mit Linguistik-Diplom, es heisst natürlich «Fertigpizze», bitte nicht mehr anrufen) und Tiefkühl-Lasagne. Konservierungsstoffe sind des Teufels. Entgegen vieler Expertenmeinungen konservieren sie nämlich nur das Essen, nicht aber den Menschen, leider. Emulgatoren sind in Wahrheit des Teufels.

Natürlich findet auch kein herkömmliches Brot den Weg auf den Tisch, in diesem italienischen Dorf. Brot enthält bekanntlich Gluten, was die Skala der Schlechtheit nach unten durchschlägt. Ihr Körper lechzt förmlich nach gesundem, glutenfreiem Gebäck. Es schmeckt richtig scheisse (Sie verzeihen den Ausdruck, doch versuchen sie es einmal). Hören Sie auf Ihr Herz. Ich glaube, Satan betrieb früher eine Bäckerei. Mit Holzofen.

Fleisch kommt natürlich auch nicht auf den Teller, denn Fleisch enthält Hormone, zu viel Eiweiss und keinen Tofu, dafür aber jede Menge Tier. Das ist natürlich schlecht. Mit all diesen Dingen tun wir unserem Körper keinen Gefallen. Er wird früher oder später sterben, aus Protest. So, liebe Leserin, lieber Leser, das war's bereits. Wenn Sie das alles nicht glauben, dann fragen Sie am besten direkt nach, bei diesen Leuten dort, in Italien. Die müssen es ja wissen.

Na ja, vielleicht hat die Behörde des besagten Dorfes auch nur einen Beamten, der extrem schlecht in Mathematik ist und die Statistik daher falsch erstellt hat. Falls dem so wäre, ein Tipp: Vitamin D würde helfen. Oder Dextrose.

2018

Von Tell und Apfelkorn

Die Sage ist von der Lüge nur ein kleiner Schritt entfernt. Wenn Sie, lieber Leser, nach einer durchzechten Nacht zu Hause antanzen und auf die freundliche – aber nicht minder bestimmte – Nachfrage ihrer Frau auskunftsfreudig diejenigen Lokale aufzählen, in denen Sie waren, dann kann es rein hypothetisch sein, dass Ihre Kumpels andere Wahrheiten kennen. Vielleicht haben die einfach besser aufgepasst. Oder weniger getrunken.

Haben wir deshalb gelogen, liebe Herren? – Nein, natürlich nicht. Wir haben uns einer Jahrtausende alten Erzähltechnik bedient, der Sage. Die Sage nämlich lebt, entwickelt sich weiter. Während sich Hanspeter zu hundert Prozent sicher ist, dass das zweite Lokal «Rössli» hiess, spricht Manfred ständig vom «Bären» (na ja, hat ja auch vier Beine) und Urs weiss ganz genau, dass man erst beim dritten Lokal eingekehrt hat. So wird Wahrheit gemacht, liebe Damen. Jeder ist seiner Wahrheit eigen Schmied.

Die Sage lebt schliesslich von der Erzählung, von der kompetenten Wiedergabe des erlebten, beziehungsweise gehörten. Das macht sie flexibel, lebendig. Die Sage von Wilhelm Tell – die ja eigentlich eine Legende ist – war mit Sicherheit nicht so passiert. Jemand hat da seiner Frau – vermutlich unter Alkoholeinfluss – wirre Dinge erzählt nach der Heimkehr zu später Nacht. Äpfel, die von Köpfen geschossen werden, bitte sehr! (Könnte die Rede ursprünglich etwa von Apfelkorn gewesen sein? – Wir wissen es nicht).

Ganz im Gegensatz zur Sage allerdings stimmt das oben Geschriebene alles. Hundertprozentig statische Wahrheit. Wenn Sie das nicht glauben, liebe Leserin, lieber Leser, dann fragen Sie doch eine Elfe.

2018

Schlimm und schlimmer

Immer weniger Menschen, die arbeiten, müssen immer mehr Menschen, die nicht Arbeiten, über die Runden bringen. Bis anhin hat die Politik nicht reagiert. Sie wurde von dieser Entwicklung vollkommen überrascht. Die Zukunft ist zappenduster. Schuld daran haben die Frauen, weil sie zu wenig Kinder gebären. Und natürlich die Ausländer, weil sie zu viele Kinder gebären. Selbstverständlich tragen auch die Pensionäre ihren Teil zur Misere bei. Sie sterben zu wenig rasch.

Im Grunde ist die Schweiz, in der die durchschnittliche Lebenserwartung bei etwa hundertzwanzig Jahren liegt – Opfer ihres eigenen Erfolges. Wir leben lange, leben gesund und dies erst noch im Wohlstand, selbst nach der Pensionierung, dank guter Altersvorsorge. Saus und Braus. Wenn nicht bald ein Wunder geschieht, wird sich dies ändern, leider.

Menschen in Drittweltländern haben es da schon einfacher. Sie sind sich einen niedrigeren Lebensstandard gewohnt und müssen ihre Ansprüche nicht so stark zurückschrauben nach der Pensionierung. Zudem ist die durchschnittliche Lebenserwartung nicht so hoch wie in der Schweiz. Sie sehen: Einmal mehr ist die Schweiz vom Unheil am stärksten betroffen. Und der Schweiz, wissen Sie, der Schweiz hilft eben niemand.

2019

Über Freud und Grittibänz

Höchste Zeit für eine Prise Tiefenpsychologie: Was, liebe Leserin, lieber Leser, essen Sie zuerst bei einem «Grittibänz»? Ein Konsortium aus renommierten Wissenschaftlern, depressiven Bäckern und adipösen Primarschülern hat kürzlich eine enorm aufwändige Studie zu dieser Frage veröffentlicht und sie mit fundierten Behauptungen (Jargon: Alternative Fakten) angereichert. Dies wäre kein seriöses Magazin, wenn wir Ihnen vorenthalten würden, wie schlimm es um Ihre Seele steht.

Wer nämlich – man lese und staune – zuerst die Rosinen vom Kopf pickt, also die Augen, hat ein relativ gravierendes Problem. Solche Menschen werden auch bei Verhandlungen zu bilateralen Verträgen scheitern, um nur ein Beispiel zu nennen, aus dem Alltag. Ähnlich schlimm ist das Abklopfen der Zuckerkrümel vom Körper des Gebäcks mit dem lapidaren Ausspruch «Zucker ist ungesund und macht fett», in einer Zeit, in der jedes Kleinkind weiss, dass genau gar nichts dick macht, solange man beim Essen die Augen schliesst. Gesund ist, was man gern isst. Basta.

Etwas besser steht es mit Geniessern, die sich zuerst ein Bein des Hefeteigmannes vornehmen. Sie gelten als weitsichtig, schlau und zuweilen etwas niederträchtig (und als hungriger als die Rosinenpicker). Bei jungen Blondinen achte der aufmerksame Beobachter darauf, ob sie das Bein ruckartig abreissen oder zuerst genüsslich wegspreizen, um bei dieser Gelegenheit etwas freudsche Schlüpfrigkeit einzustreuen. Ja, in jedem von uns steckt ein kleiner Sherlock Holmes.

Nimmt sich jemand zuerst die Arme vor, die ja normalerweise gar nicht so richtig vom Torso abstehen, dann gibt er sich mit wenig zufrieden: Genügsam und ein bisschen ungeschickt, was Backwaren anbelangt. Oder einfach Gluten-intolerant. Und – um den schlimmsten Fall noch zu erwähnen – wer als Erstes Mitten in den Körper des Gebäcks beisst, der spielt in der gleichen Liga wie ... – wussten Sie, dass in Bern ein Brunnen steht, der «Kindlifresserbrunnen» heisst? Item.

Vielleicht haben Sie es bemerkt, während dem Lesen: Das alles ist erstunken und erlogen. Mit Psychologie im wissenschaftlichen Sinne hat das in etwa so viel zu tun wie Greta Thunberg mit dem Friedensnobelpreis. Alles Lug und Trug. Nur das mit den Rosinen stimmt natürlich. Und das mit den Armen und Beinen, klar. In diesem Sinne: Guten Appetit!

2019

Wir

Warum das alles nicht an die Öffentlichkeit gelangt? – Na, das ist ja offensichtlich: Die Medien werden kontrolliert, von denen, das alles ist ein riesiges Netzwerk, verstehen Sie. Schauen Sie sich doch einmal die «Tagesschau» an, da werden nur massentaugliche Nachrichten verbreitet. Um uns ruhig zu halten. Einheitsbrei. Als wären wir dumme, blökende Schafe. Neue Zeitungen riechen nicht etwa, weil sie frisch gedruckt worden sind, nein, es sind Valiumdämpfe, die uns ruhigstellen sollen, entwickelt in Amerika. Von jüdischen Illuminati.

Aber mit uns, wissen Sie, mit uns kann man das nicht machen. Wir informieren uns an verschiedenen Orten, bei Kanälen, die eben unabhängig sind, ungefiltert und ohne finanzielle Interessen. Es gibt durchaus vertrauenswürdige Formate im Internet, unzensierte. Da wird eben das gesagt, was sonst nicht gesagt werden darf. Da werden die richtigen Fragen gestellt. – Ha, wir sind doch nicht auf den Kopf gefallen! Man muss nur die Augen öffnen wollen.

Natürlich streiten die alles ab, die Herren da oben. Sie stecken alle unter der gleichen Decke, alle! Ob Chemtrails, syrische Flüchtlinge, Mondlandung: Wir wissen längst, was sie uns verschweigen wollen. Doch irgendwann kommt die Wahrheit ans Licht, dafür sorgen wir. Und dann werden wir nicht mehr ausgelacht, dann lachen wir, ha ha! Wer zuletzt lacht, lacht … – oh, ich habe ein Geräusch gehört, muss Schluss machen. Nur etwas noch: Auch der «Nebelspalter» ist infiltriert, ganz bestimmt. Alles andere wäre unlogisch.

2020

Böses Brot

Gluten-Unverträglichkeit ist kein Zuckerschlecken, denn wenn jemand mit herkömmlichem Brot daherkommt, zum Beispiel im Restaurant, an einer Feier – oder an einer Feier im Restaurant – dann müssen Betroffene abwinken: Unerträglich unverträglich. Dies kann den Alltag nicht unwesentlich erschweren, denn Brot ist ein

Grundnahrungsmittel, im Grunde, und deshalb nahezu unverzichtbar. Menschen mit Zöliakie sind sehr intolerant.

Schuld an der Misere trägt ein Klebereiweiss, eben das Gluten, das blöderweise in vielen Getreidesorten vorkommt, so kann zum Beispiel ein Zölibat (Mensch mit Zöliakie) auch kein normales Bier trinken, ohne kurz danach von der Rache Montezumas heimgesucht zu werden. Die Nougatfee klopft an. Das ist je nach Situation weitaus schlimmer ist als ein Verzicht auf Brot. Am Oktoberfest erbrechen sich relativ viele Menschen.

Doch es gibt Lösungen: Viele Läden bieten mittlerweile Glutenfreies Brot feil, dessen Geschmack zwar gewöhnungsbedürftig ist, zugegeben, dessen Preis dafür jedoch viel höher ist als bei normalem Brot. Oder aber Betroffene backen sich einfach ihr eigenes Brot, Zu Hause, beispielsweise aus Kokosmehl, Kichererbsenmehl oder Fischkleister (enthält kein Klebereiweiss). Man muss ausprobieren.

Weitsichtige Gourmets steigen denn auch auf glutenfreies Brot um, selbst wenn sie (noch) keine Intoleranz aufweisen. Ein ernährungstechnischer Präventivschlag, sozusagen, denn eines zeichnet sich ab: Zöliakie ist zu einem regelrechten Megatrend geworden, noch vor gemeinem Heuschnupfen, Brokkoli-Disharmonie und Plutonium-Unverträglichkeit. Um langsam zum Schluss zu kommen: Gluten ist böse, die Welt ist schlecht, und ein gut zubereitetes Steak lässt sich problemlos ohne Brot essen. Guten Appetit – und bleiben Sie gesund!

2021

Oans-zwoa-gsuffa

Sie schiessen aus dem leicht klebrigen Boden wie Fliegenpilze, von St. Margrethen über Zürich bis Bern-Bethlehem: Die Oktoberfeste, leider – oder: endlich – wieder vorbei. Germanistikstudierende im ganzen Land heben die Hand und protestieren «Oktoberfest gibt es nicht im Plural», und sie haben recht, natürlich, genauso wie jene Klugscheisser, die bereits an der originalen Sause in München waren und sich nun bei jeder erdenklichen Gelegenheit sagen hören, dass alles andere bloss billige Kopien ... – na ja, bitte nicht einschlafen.

Selbst im Kreise der Festgängerinnen und Festgänger, der Festgängernden, herrscht nicht immer Friede, Freude, Eierbrezn: Die omnipräsente Frage «Tracht ja oder nein» spaltet die Bierdunst geschwängerte Zeltluft. Soll die Frau nun im Dirndl antanzen, der Mann in Lederhosn und Vollmontur hertorkeln? Die «Wenn-schon-denn-schon»-Fraktion investiert in eine Kluft und macht sich – zumindest in den Augen vieler Kritiker – zum lächerlichen Abklatsch einer Kultur, mit der sie ziemlich genau gar nichts am Filzhut hat. Dabei sein.

Die andere Seite nimmt zwar Teil an der importierten Party, rümpft hingegen gleichzeitig die Nase vor zu viel München-Deutschland-Pipapo. Als ob Sie mit angezogener Handbremse über den Nürburgring brettern würden. Halbschwanger. Halloween ist schliesslich auch scheisse. Besonders gewiefte Schlaumeier sprechen gar von kultureller Aneignung, was – gerade in intellektuellen

Kreisen – mit leichtem, zustimmendem Nicken belohnt werden dürfte (Winnetou würde sich wohl im Wigwam umdrehen). Vorbei die Schunkel-Toleranz.

Als verbindendes Element – um hier die Gemeinsamkeiten zu beleuchten – bleibt der Rausch, das Feiern und das «eine-gute-Zeit-haben», also per se nichts Verwerfliches. Spätestens nach zwei Mass Bier ist einem die obige Streitfrage eh so etwas von … – he, Du da, sicher nicht über meine Hose, die war teuer, spinnst Du?!

2024

Wau, wau

Auch bei Besuchen unter Tieren gibt es Regeln, klar. Wenn Fifi kurz auf einen Schwatz bei Rex vorbeischaut, gehört es sich natürlich, sich zur Begrüssung ausgiebig am Hintern zu schnüffeln, gegenseitig. Man fühlt den Puls. Bellen hingegen gilt eher als unhöflich, und je nach Verlauf des Treffens sollte der eine Hund dem Herrchen seines Gegenübers in die Achillessehne beissen, als Freundschafsdienst, weil dieser seinen Schützling auf Schonkost umgestellt hat. Bello lacht, wau wau.

Trotz ihres kleinen Gehirns, in Relation zur Körpergrösse, kennen auch Pferde viele Höflichkeitsregeln, die sie sich gegenseitig weitergeben, durch lautes Wiehern: Nie vegetarische Reiterinnen abwerfen, scheissen nur auf asphaltierte Strassen in der Nachbarschaft und im Zweifelsfalle immer vollkommen unberechenbare Dinge tun.

Man hält sich strikte daran. Ein höfliches Ross überrascht sich häufig selbst mit seinem Verhalten. Pferde glauben übrigens ganz und gar nicht, dass Hufeisen Glück bringen.

Selbst die Insektenwelt kennt eine Art Knigge. In einer Dokumentation habe ich kürzlich gesehen, wie eine Hornisse einen Bienenstock besucht hat: Sie wurde von etwa einem Dutzend Bienen überschwänglich begrüsst und so innig umarmt, dass sie anschliessend tot vor dem Eingang gelegen hat. Liebe kennt keine Grenzen. Im Grunde wird Honig von sehr, sehr höflichen Wesen produziert. Das schmeckt man.

Höflichkeit unter Tieren kann sich natürlich beissen mit Benimmregeln der Menschenwelt. Während die Katze stolz eine gejagte Maus ins Haus bringt, findet das der eine oder andere Mensch nicht so toll. Und ein Hundebesitzer, der von seinem Vierbeiner ein Stück Hose des Postboten geschenkt bekommen hat, kriegt je nachdem bald unerfreuliche Post von der Post. Aber was soll's, Missverständnisse gibt es überall!

Darum hier ein Appell: Seien Sie bitte nachsichtig mit Tieren, die allermeisten sind ausgesprochen höflich, selbst wenn es auf den ersten Blick nicht den Anschein macht. Inzwischen sollte selbst der letzte Mensch begriffen haben: Bello will nur spielen. – Wau, wau!

2021

E.T. for President

Die allermeisten Kinofilme, die von ausserirdischen Besuchern handeln, zeichnen ein eher unvorteilhaftes Bild von ebendiesen: Sie erobern die Erde, vaporisieren Grossstädte, infiltrieren die Gehirne von Mitarbeitern des VBS und versuchen, den Präsidenten der Vereinigten Staaten von Amerika mit Laserstrahlen zu filetieren. Nicht eben schmeichelhaft. Und unhöflich. E. T. bleibt eine positive Ausnahme. Michelle Hunziker hat übrigens ihre langen, blonden Haare abgeschnitten, das wollte ich noch loswerden.

Doch wie in aller Welt sollten die Besucher denn wissen, wie man sich auf der Erde benimmt? Eine Art interstellarer Knigge ist dringender nötig denn je: Ziemt es sich zum Beispiel, beim Betreten eines neuen Planeten irgendwas von «kleiner Schritt für einen Mann» zu faseln und eine Nationalflagge zu hissen? Wohl eher nicht. Stellen Sie sich vor, liebe Leserin, lieber Leser, die Sporcksss (Bewohner eines Planeten des Galaxienhaufens Eshraa Maghaasu) würden irgendwo landen, zum Beispiel in Köniz, und als erstes ihr Revier markieren. Geht gar nicht. Nicht einmal im Kanton Bern.

Der oft gehörte Ausspruch «wir kommen in Frieden» wird den Aliens von Autoren gerne in den Mund gelegt, gehört jedoch ins Land der Träume. Warum zum Henker sollten sich Ausserirdische an unsere Regeln halten bei ihrem Besuch, wenn es hier doch jede Menge fossile Brennstoffe, seltene Edelmetalle und Lagerbier zu erbeuten gibt? – Und Paris Hilton! In Frieden kommt immer nur der Unterlegene, Knigge hin oder her, und eine ausserirdische Lebensform ist dem Menschen ganz bestimmt nicht unterlegen, wenn sie es bis hierhin schafft (vielleicht bereut sie die Landung sobald sie sieht, wie es hier zu und her geht).

Um langsam zum Schluss zu kommen: Die Idee mit dem galaktischen Knigge können wir knicken, die Benimm-Regeln würden den Gästen bloss ein müdes Lächeln entlocken. Bleibt zu hoffen, dass sie sich an die Grundregeln halten: Abfall ausschliesslich in Gebühren-Kehrichtsäcke, maximal 30 Minuten parken in der blauen Zone, – und Vorsicht beim Umgang mit Feuerwerk!

2021

Der falsche Ort

Das Strickmuster ähnelt sich wie ein Ei dem anderen: Bei Budgetkürzungen stehen immer diejenigen, die Sparvorschläge erarbeiten denjenigen gegenüber, die die Interessen vertreten der zur Diskussion stehenden Ausgaben. – Ganz egal, worum es geht.

Dann fällt ausnahmslos immer (am Immersten) der Satz «hier wird am falschen Ort gespart», Worte, die offenbar in jedem Rhetoriktraining rauf und runter gebrüllt werden müssen, sozusagen in die Hirnrinde eines jeden Interessenvertreters tätowiert sind: Am. Falschen. Ort.

Na, was ist denn der richtige Ort? – Natürlich derjenige Ort, dessen Interessen nicht von derjenigen Person vertreten werden, die diesen Universal-Satz ausspricht: Nicht bei der Bildung, sondern beim Militär, lieber beim Asylwesen als bei den Nachtzügen, keine Autobahn dafür bessere AHV und so weiter. Bei den anderen halt.

Natürlich ist auch der Platz für diesen Text hier beschränkt, klar, das haben Printmedien so an sich, doch auch hier muss ich ganz offen sagen: HIER WIRD AM FALSCHEN ORT GESPART!

2024

«ein Meister der Selbstüberschätzung»
(unbekannter Lügner)

«unter der Gürtellinie, dumm und sexistisch –
ein Meisterwerk»
(Kritiker des Jahres)

«das beste Buch, das ich je verpasst habe»
(Winston Churchill)

Danke an
Ralph Weibel, Marina Lutz, Markus Somm, René Probst,
den Nebelspalter, meine Eltern.

Danke für die Inspiration an Tocotronic, Die Ärzte und
Züri West, an Perscheid und Gary Larson, an alle
Menschen in öffentlichen Verkehrsmitteln, auf der
Strasse, in Bars und Cafés, im Alltag.

Danke an Luis für die Zeichnungen.

Danke an Julia, Partnerin und härteste Kritikerin
meiner Texte.

Danke an die Welt, die verrückt ist, ein bisschen.

Jürg Ritzmann, geb. 1974, aufgewachsen in Schöftland AG (Schweiz), hat eine Banklehre absolviert und sich in BWL weitergebildet. Seit 2000 erscheinen regelmässig Texte im Humor- und Satiremagazin «Nebelspalter».

Ritzmann hat zwei Söhne und lebt in Zürich.

Kontakt via juergritzmann@gmail.com
Instagram *74rizzi*

Lust auf mehr? – Ebenso erhältlich:

«Halbwissen ist ganz stark verbreitet – über Unwissen weiss man zu wenig»
(ISBN 978-3-7568-6927-5)

«Gut behauptet ist halb bewiesen»
(ISBN 978-3-7583-0729-4)

Inhaltsverzeichnis